CONFINI

NuoveVoci

Daniele Ciccotti

Baci da Draghi

Albatros

info@gruppoalbatros.com

ISBN 978-88-567-9022-1

I edizione aprile 2018
stampato presso Andersen Spa, Borgomanero (NO)

Distribuzione per le librerie Messaggerie Libri Spa

www.gruppoalbatros.com
Libri in uscita, interviste, reading ed eventi.

June 2018

To Eddie,
my english teacher
whose man!

Baci da Draghi

From
[illegible]

Prefazione

Sembra voler travolgere il lettore con un mare di parole questo Baci da Draghi, *un fluire unico di pensieri che si affastellano, si rincorrono, si accavallano l'uno sull'altro, guidando il lettore proprio al centro di quella commedia umana che è la grande protagonista di questo testo.*
Ciò che colpisce – e non poco – della presente silloge, è forse il fatto di essere composta da un coacervo di dissertazioni indomabili e quasi scapigliate, sospeso tra l'incisività lucida e puntuale dell'analisi sociologica e l'intuizione immaginifica del verso evocativo.
In questo si nasconde la sua ricchezza, nella unica capacità di sposare la levigatezza e l'informalità della scrittura ampia e vagamente prosastica e discorsiva con la suggestione metaforica e folgorante della parola poetica.

A volte l'indifferenza è complice e ti fotte,
altre volte ci si mette la collera,
ma poi ti radi e rivedi il tuo viso,
quindi in fondo 'sti cazzi, pensi,
se non ti riconoscevi più,
se non ti vedevi più,
se non ti sopportavi più,
ora sei lì che guardi le pupille dilatarsi mentre l'acqua dal rubinetto diviene sempre più fresca.
Fa caldo fuori,
il termometro segna quaranta gradi.

[...]

(Formiche rosse vi uccido)

Tema ricorrente della silloge Baci da Draghi, *è indubbiamente l'osservazione dell'uomo, il confronto e il rapporto tra l'autore, uomo anch'esso, e la società. Tale confronto diventa talvolta alienazione, sardonico distacco, che cela per molti versi contrasto e rifiuto della società dell'immagine in cui si trova a vivere la sua quotidianità.*
Ecco quindi che un fatto di cronaca diventa uno strumento per mettere alla berlina l'ape regina di turno, fatta di selfie e di puzza sotto il naso.
Leggendo questi versi, si comprende però chiaramente come l'obiettivo dell'autore non è certamente quella di diventare elemento conforme della società, ma piuttosto, mantenere intatta la sua individualità e le sue differenze, anche a costo di apparire come un diverso.

Annuncio: si avvisano i lavoratori che il personale dello
stabilimento e del litorale tirrenico tutto non potrà non
fare il saluto romano al sole la mattina all'alba.
Biiip
Pena licenziamento coatto senza preavviso e impalamento
due tacche sotto la bandiera gialla del vento pericoloso.
Biiip
La temperatura è di 32 gradi centigradi, il vento fresco e
moderato.
L'alveare vi augura un buon proseguimento di giornata,
e naturalmente buon pranzo!

Buon pranzo..
Buon pranzo un cazzo!

(L'ape regina)

Questa è una poesia densamente metropolitana, in cui l'autore riporta sulla pagina il canto degli outsider, di chi cerca e guarda sempre la terza faccia della medaglia.

Eppure, nonostante questo, ci sono momenti in cui Daniele Ciccotti si permette di dedicare la propria attenzione alle piccole cose, alle increspature, agli interstizi in cui lui trova le verità nascoste, e talvolta scomode della nostra vita quotidiana; sono cartine di tornasole che rivelano i valori cardinali, le imprescindibili coordinate ideologiche sulle quali è fondato il suo pensiero.

Dalla finestra vedo il mare,
sento i corvi che gracchiano,
vogliono mangiare.
Da sotto un vecchio mi fissa in modo strano.

Non sempre puoi sconfiggere le nuvole ed arrivare al sole,
mi dicono.
Puoi solo aspettare che il sole venga prima o poi a trovarti,
ed asciughi le tue lacrime amare.

(Prigionieri di guerra)

C'è tanto beat in questa raccolta, tante allusioni, tanto disincanto che viene da un'anima forse disillusa sulla possibilità di riuscire a cambiare il mondo. Eppure, nonostante questo, si percepisce che non c'è resa, al contrario, c'è una forte vitalità e una voglia di combattere, anche attraverso l'irrisione, verso quella forma di apparentemente scanzonata denuncia che è sorriso sulle labbra e coltello tra i denti.
E proprio per questo questi Baci da Draghi *colpiscono e non lasciamo andare.*

Flavia Weisghizzi

A chi più di me ci ha creduto e a tutti coloro che amo

Ciò che non abbiamo osato, abbiamo certamente perduto

Oscar Wilde

IL GIORNO DEL MIO COMPLEANNO

Ho fatto tardi ieri,
troppi tardi,
Abbiamo divorato 1 kg di filetto e una bottiglia di Barbera nel quartiere San Lorenzo e non ci siamo fermati lì..
Le tempie mi pulsano dopo tre ore di sonno sconclusionato.
Il mio ospite ha ronfato tutta la notte,
era di là sul divano che scoreggiava ed io lo sentivo.
Mi sveglio alle 7:17,
non ho nessun appuntamento in circoscrizione,
da ieri mattina i terminali sono guasti,
ma vorrei assolutamente rinnovare la mia carta di identità oggi,
che è il 17-01-17 e non solo compio gli anni ed ho una figlia di 17,
ma tra 17,
di anni,
ne avrò 60!
Cosa c'entra?
Non saprei!
Ci penso mentre fisso il caffè che esce con le pupille dilatate.
Da dietro il cinghialone mi russa ancora profondamente.
Se ne sta spaparanzato beato sul divano letto, credo non abbia ancora digerito.
È coperto dalla mia morbida coperta con la bandiera inglese,
sembra Re Giovanni tornato dalle crociate;
esco.
Devo assolutamente ottenere la carta d'identità elettronica con la data di oggi, che è il mio compleanno.
Il perché non mi è ancora chiaro.

Credo sia doveroso provarci,
anche perché ho un appuntamento assai importante intorno alle 9:45,
ed il caso ha voluto che lo avessi proprio a 50 Mt dalla circoscrizione di appartenenza;
un segno del destino,
un segnale dall'universo.
Sarà una mattinata complicata visto lo stato in cui verso.
Sono il più frastornato,
ma sono il primo,
anzi il solo;
mi avvicino e chiedo ma niente,
i terminali sono ancora tutti sconnessi,
per giunta c'è una specie di riunione sindacale,
non ci sono impiegati,
solo un paio di presidio che giocano al cellulare e respingono tutti quelli che come me vorrebbero usufruire dei servizi municipali.
Un dipendente ritardato piuttosto grave, insiste farfugliando spasticamente:

• sì..signore, le .. le ho detto cche .. cche .. cche .. è tt.. tt.. tutto .. bl .. bloccato ..
• sì grazie, lo so ma va bene, preferisco aspettare ..
• sì..signore, le .. le ho detto cche .. cche .. cche .. è tt.. tt.. tutto .. bl .. bloccato ..
• ho capito va bene..
• sì..signore, le .. le ho detto cche .. cche .. cche .. è tt.. tt.. tutto .. bl .. bloccato ..
• ho capito va bene ma posso aspettare qui seduto?
• SÌ.. SIGNORE, LE .. LE HO DETTO .. CCHE .. CCHE .. CCHE .. È TT.. TT.. TUTTO .. BL .. BLOCCATO ..
• senta ho capito, ma vorrei attendere un po' magari i

terminali ripartono e non essendoci nessuno potrei rinnovare la mia carta d'identità..

• CCCC .. CCC .. CE L'HA L'APPUNTAMENTO!?
• eehmmm veramente no!
• S S S SIGNORE, LE .. LE HO DETTO .. CCHE .. CCHE .. CCHE .. È TT.. TT.. TUTTO .. BL .. BLOCCATO .. E .. E .. CC CI SONO LL LL LE FF FF FILE LL LL LUNGHISSIME
• ma ci sono solo io..
• Sì.. SIGNORE, LE .. LE HO DETTO .. CCHE .. CCHE .. CCHE .. È TT.. TT.. TUTTO .. BL .. BLOCCATO ..
• sì però ora si calmi non si avvicini, mi sta minacciando, non mi tocchi, stia lontano!

Me lo tolgo di dosso,
era divenuto minaccioso il pennellone,
mi siedo e aspetto,
manca ancora più di un'ora al mio appuntamento.
Presiedo la postazione,
non mollo,
anziani, invalidi, extracomunitari,
giovani genitori,
vengono tutti allontanati dai tre che giocano col cellulare.
Noto uno in postazione che fa lo stesso solitario con le carte che fa mia madre col computer.
Mi avvicino,
lo importuno,
sono gentile,
gli chiedo se è tornata la linea,
mi dice di no,
mi da informazioni utili,
lo esalto,
gli chiedo se mi potrà ricevere più tardi nel caso il sistema si

connettesse,
gli ricordo che non ho un appuntamento,
o meglio che ne ho uno scaduto e mai utilizzato.
Mi guarda,
impugna la biro e firma di suo pugno il ticket del mio turno
preso due mesi prima.

• ecco, con la firma sei a posto – mi dice!
• Uh! Fantastico, ma davvero hai questo potere!? Grazie!
• Hai la mia firma! Sei a posto!

Si gira e torna al suo solitario,
gli si incastra una scala di quadri,
sorride furbescamente al monitor.
Mi allontano,
il problema dell'appuntamento è superato,
ma i terminali sono ancora in disuso.
Nessuna linea,
nessuna connessione,
nessuna possibilità di ottenere la carta di identità con la data
di oggi impressa sopra.
C'è un buffo signore alto con foulard e un parrucchino nero
corvino,
gli atteggiamenti effeminati.
Si avvicina,
mi chiede cosa devo fare,
gli spiego la situazione,
capisco che è l'impiegato che si occupa delle carte di identità
elettroniche,
gli domando se potremmo intanto riempire i moduli e se
potrei lasciare da lui la mia pratica, perché ho un impegno di
lavoro dietro l'angolo e ne avrò per un paio d'ore,
per poi provare a tornare più tardi,

con la speranza che i tecnici risolvano il guasto al rack dati.
• ma che occhi che hai!
• scusi?!
• te la do io la carta di identità, vieni vieni bonazzone!
• bonazzone?! Ahahah, ma che dici?
• vieni tesoro vieni, ti aggiusto io per benino.., mmm.., ma che mani che hai.. mmm.. o mio Dio!
• ahahah ma la pianti?! – gli faccio io
• allora bello dimmi, sei sposato o fidanzato? Cos'hai detto che ti serve?

Il gentile signore mi guarda entusiasta mentre digita il codice fiscale sulla tastiera;
gli dico che mi fa ridere e che ho dormito male.
Gli faccio notare che è il mio compleanno e che vorrei la carta d'identità con la data di oggi.
È l'apoteosi.
Si arrapa come un mandrillo mordicchiandosi le labbra socchiuse.
Mi fa gli auguri, è gentile,
continua a scherzare ed aiutarmi.

• ecco qui bel ragazzo, ti aspetto dopo per le impronte digitali, sempre che il sistema informatico riparta, ciao fustaccione!
• fustaccione?! Ahahah ma la pianti?! Grazie mille davvero, a tra un po'!

Sono le ore 9:30, vado al mio appuntamento in occhiali da sole.
Mi preparo mentalmente, indosso la maschera da manager.
La sede legale della società è a cento passi.
Tutto sembra filare liscio.

Siedo a capotavola, presiedo la riunione,
faccio quello che va fatto,
anzi di più, con mio stupore.
Ma l'adrenalina della mattina sta esaurendo,
sta calando la botta,
mi sento chiudere gli occhi.
Devo sbrigarmi o il mio personaggio si sbracherà inesorabilmente,
crollerò dormiente sbattendo la fronte su questo tavolo in noce.
La fortuna mi assiste,
ho un lampo di genio!
Suggerisco io una soluzione a quello che tentiamo di trovare e che manca.
Ma come cazzo ho fatto?
Meno male!
Il pensiero torna alla carta di identità elettronica.
Il mio obiettivo di oggi.
Raccolgo la borsa di lavoro,
la riunione è finita,
lascio la sede di buon passo e torno in circoscrizione.
Sono le 11:30.
L'ambiente quieto e calmo di questa mattina ha subito una repentina metamorfosi.
Il sistema compromesso è stato ripristinato,
il guasto è domato,
finalmente tutto è connesso.
Decine di persone sono in fila e si strattonano sgomitando,
cercano di entrare dalla doppia porta in vetro dell'atrio ma niente;
gli impiegati sono come un pugno di celerini contro hooligan impazziti,
è il caos.

Immagino il povero impiegato ritardato schiacciato dalla furia dei suoi concittadini,
il terminale degli appuntamenti è assediato.
Mi faccio strada tra la folla fomentata e smarrita,
sembra di essere ad un concerto di Vasco quando cerchi disperatamente di arrivare sotto il palco.
Tra decine di nuche ne riconosco una;
è compatta e nera,
sembra un pellicciotto di lontra.
È lui, l'impiegato effeminato!
Mi vede, mi sorride incurante del caos,
mi indica col braccio di raggiungerlo nella sua postazione,
dove mi sedetti un paio d'ore prima.
Devio,
mi abbasso,
schivo e sento che sto per farcela.
Sono solo ad un paio di metri, un ultimo sforzo.

• ahaaargh..!

Ma cosa succede?
Una mano forzuta mi afferra da dietro un braccio,
mi giro e nella folla, il volto spaventato di un povero Cristo:

• ti prego aiutami! Ti scongiuro!
• Cosa.. cosa ti serve!?
• Ho perso la patente, non ho il passaporto, devo fare un documento perché domani devo partire e ho bisogno di qualcuno che dichiara di conoscermi! Aiutami!
• Certo, va bene, non c'è problema, figurati! Che devo fare?
• Ecco da lui, da quel tipo strano!
• Perfetto! Sto andando anche io da lui!
• Veramente!? Dio ti ringrazio! Grazie!

Ma la carta d'urgenza per motivazioni eccezionali è solo cartacea,
l'impiegato col parrucchino è addetto solo al rilascio di quelle elettroniche,
mi sa che non si erano capiti bene.
Spostano il disperato ad un altro sportello,
lo seguo,
lo aiuto e confermo di conoscere quell'estraneo con la barba e gli occhi smarriti all'impiegata di fronte.
Chissà se ho fatto bene, mi chiedo.
Nuca di lontra aspettava e si era spazientito,
ticchettava la penna nervosamente sulla scrivania ordinata;
torno al suo sportello,
mi sorride e ricomincia a scherzare e a provarci,
ma sempre con garbo e la giusta ironia.
Ci sono quasi,
mi tocca le mani per prendere le impronte,
prima una, poi l'altra,
poi sceglie la foto,
ne preferisce una dove sono più carino dice,
ma lo scanner lo obbliga ad utilizzare l'altra.

• quanto sei bono
• ahahah! Ancora!? Piantala!
• allora è qui che abiti, ho anche il numero di telefono.. mmm..
• ahahah sei un pazzo sei!
• ecco qui! Fatto tutto! La carta ti arriverà tra qualche giorno a casa con la data di emissione di oggi. Contento tesoro?

Che bello!
Un benessere latente mi esplode dentro.

Lo sento formicolare dai piedi alla testa e non riesco a togliermi l'espressione idiota e soddisfatta che mi ha scolpito la faccia durante il tragitto per riprendere l'auto.
Ce l'ho fatta!
Non riesco ancora a crederci!
Torno a casa, sono le 12:17 e apro la porta.
Il tanfo è aumentato,
il gladiatore delle serate brave sta ancora dormendo;
decido di non svegliarlo.
Sto svenendo dalla fame,
devo mangiare,
opto per una cacio e pepe veloce.
Non ho molto tempo, devo fare presto,
ho un altro appuntamento di lavoro nel pomeriggio,
ma questa volta più lontano,
a Pomezia, e con il mio titolare per discutere un affare commerciale importante.
Scolo la pasta e sveglio il brontosauro dal letargo,
gli dico che sono le 13:17, ed è pronta la colazione.
In mutande e camicia estiva a maniche corte,
questo omone di 117 kg si infila delle morbide pantofoline bianche con le iniziali di un hotel ricamate sopra,
e strascicandole sul pavimento di legno raggiunge la tavola con un ghigno e gli occhi ancora semichiusi.
La cacio e pepe viene sterminata in 17 secondi dalla bestia affamata,
mai visto niente del genere.
Un animale selvatico che non mangia da mesi,
ogni forchettata viene deglutita sana,
voracemente;
l'istinto primordiale dell'autista di pullman da gran turismo è ora uguale a quello del più affamato homo sapiens cavernicolo della preistoria,

davanti tre etti di rigatoni ed una coca cola zero che ingurgita sbrodolandosi la camicetta stropicciata a tinta unita con la quale aveva dormito.
Il rutto è spaventoso, forte e liberatorio;
lo riporta in vita.
Finalmente apre gli occhi ed è catapultato di nuovo nella realtà,
della quale,
per fortuna,
sembra esserne ancora consapevole.
Lanciato sulla via pontina arrivo all'appuntamento.
Sono oramai ridotto all'osso,
sono in piena fase digerente e gli occhi mi pesano come due damigiane da 15 litri.
Stanno per esplodermi.
Proprio non riesco a farcela ma devo,
cerchiamo di portare a casa il risultato, almeno un pareggio.
Mi ricordo che oggi è il mio compleanno e devo arrivare vivo a questa sera se voglio festeggiare.
Ma sembra ancora troppo lunga;
su e giù,
in lungo e in largo per il capannone più grande che abbia mai visto!
Venticinquemila metri quadrati da documentare e visionare senza sosta,
mentre fuori c'è un vento che ti apre la faccia,
per forza, è il 17 gennaio.
Finalmente la tortura finisce,
il dado è tratto,
il complesso è stimato,
accompagno il capo e torno in centro, a Roma.
Il mio quarto appuntamento è con lei che mi aspetta per farmi gli auguri,

tirarmi le orecchie, darmi il regalo.
Certo, è il mio compleanno!
Vorrei cedere,
lasciarmi andare,
stendermi sul lettone,
ma non posso assolutamente fermarmi, sarebbe la fine.
Ho una festa questa sera!
Un quinto appuntamento con il resto delle persone che amo.

***

C'è un gran camino con un bel fuoco adesso;
mangiamo e beviamo in allegria,
siamo felici di stare tutti insieme.
Oddio però che strano!
C'è stato un attimo che mi è sembrato senza tempo,
tutto è divenuto incorporeo,
vaporoso e mi ha appannato gli occhi tumefatti.
Mi chiedo cosa ci stia facendo qui e perché siamo tutti riuniti in questo ristorante.
La giornata mi traversa davanti tipo cortometraggio e proprio non riesco a connettermi.
Sono disconnesso come i terminali di questa mattina.
Il sistema è andato in pappa,
il personaggio è crollato.
L'appuntamento è saltato,
dov'è la mia carta di identità elettronica?
C'è la data di oggi impressa sopra?
Il tepore del fuoco e l'alcool renderanno più dolce la mia fine.
Nuca di lontra, il povero Cristo, il ritardato balbuziente,
il capannone, la soluzione, 25.000 mq di cacio e pepe,
il caffè della mattina con i miei occhi dentro,
ci sono dei manager che mi fissano ed un autista di pullman

da gran turismo in circoscrizione che fa il solitario col PC.
Un chilogrammo di filetto grazie!
Prendiamo anche questa bottiglia di Barbera e il limoncello di mia madre.
Perché io sto morendo vero?
Proprio ora che stava arrivando la pizza!
E chi lo paga il conto?

• ma tanti auguri 'pà!

È mia figlia, la riconosco!
Mi ha regalato l'ultimo cd degli Stones.
Ah già, oggi è il 17.01.17
Il giorno del mio compleanno.

SPIRITI NELLA GIUNGLA

Ho il sole negli occhi,
cammino da ore in questa foresta e le gocce di sudore mi colano di continuo salandomi la faccia.
Non ho nessuna intenzione di tornare indietro.
Mi chiedo se siamo noi gli esempi marci di questo tempo che cambia,
noi le minacciose radici piantate nei campi minati di tante aride congetture, e che se tanto poi saltano in aria è stato bello lo stesso,
noi quelli che abbiamo dimenticato.
Trasfigurati da quello che vorremmo essere, fatichiamo a capire se dobbiamo dimagrire o suicidarci.
Questo mondo nevrotico è peggio di una sigaretta al mentolo.

***

Sento il rumore degli scarponi nel fango e le cicale.
Il respiro è in affanno per l'umidità tropicale ed ho la maglietta fradicia.
Non ho mai incontrato dei battitori di riso e la fatica che ha segnato i loro volti mi disarma;
grossi ragni ci osservano cecchini e immobili dalle loro tele perfette.
Intanto jungleman detta il passo,
è in testa alla fila,
avanza a colpi di machete come per scacciare i draghi di Avatar.
Scova frutti, animali, stronca fusti ed il fogliame che ha

nascosto il sentiero;
intaglia il legno e lo lavora durante la sosta per donarci splendide tazze per la colazione.
Non spiccica una parola, non parla inglese, non parla e basta,
veste di stracci, però sorride sempre e
non vuole soldi,
qualcosa non quadra.
Eccoci alla meta,
il villaggio stone age, l'albero casa.
Ventidue famiglie Karen ci abitano ed hanno tutte in dote un grasso maialone nero; uno vuole conoscermi,
mi sbuca davanti rufolando dal sottobosco e mi guarda curioso.

"Oink oink!"
"Ciao maiale, come stai?"

Insegno al ragazzino indigeno a fare le foto, mi presenta gli anziani del villaggio,
i parenti, gli animali e gli amici delle altre capanne.
Imparo a dire
"cane, casa, albero e fuoco" in dialetto thailandese,
ma sono stanchissimo.
Dopo trenta secondi non mi ricordo più un cazzo.
Mi è salita la fame dell'esploratore,
quella della giungla selvaggia,
quella che addenterei pure la corteccia dei bamboo.
Puzzo come un gorilla di montagna,
ma cambierei per sempre emisfero adesso.

***

Il sole sta tramontando e un pennello sfuma i colori di questo
sperduto angolo di mondo in maniera impeccabile.
Mai avuto questa sensazione,
ho valicato una montagna e guadato un fiume per tornare
indietro nel tempo.
La bolla di sapone delle mie ansie si è schiantata tra lo
spazio temporale inesplorato della mia immaginazione e le
indigestioni delle mie incompetenze,
e tutto si è concretizzato qui ora adesso,
dove è ancora proprio come sembra.

Sbarazzarsi della sobrietà e fare l'amore è un incantevole
condividere,
ci vorrei morire così,
un giorno per caso,
ma non questa sera.
Ho intenzione di regalare la bottiglia di rum, acquistata ieri
nel chiosco sulla collina, al capo famiglia che mi ospiterà per
la notte nella sua capanna.
Dalla sua faccia penso che ce la scoleremo tutta,
e se non capirò un Buddha del suo dialetto montanaro
thailandese non sarà importante.
L'importante è adesso,
adesso che vedo la sua faccia felice che mi ringrazia con le
mani giunte,
adesso che sono un po' sbronzo e
che vedo le stelle vicine e a milioni,
che fumo questo sigaro artigianale di tabacco locale rotolato
nella foglia di banano stretta da un legaccio.
Sento voci,
lo scricchiolio del fuoco,
ho tanto sonno,
infatti dormo.

Mi accuccio sulle lisce assi di legno del pavimento e con i piedi al caldo.
Ora copio e incollo un abbraccio al mondo,
poi presenterò a tutti,
gli spiriti buoni di questa giungla dagli odori forti.
In fondo è il 31 ottobre e da noi c'è la festa di Halloween con le zucche,
qui invece c'è qualcosa che avevo dimenticato,
le origini,
le buone maniere,
le cose belle della vita che non sono cose,
il resto è rimasto lontano,
tu ci credi?
Quindi è la notte di Halloween,
o esco nella giungla per pisciare o la faccio nel sacco a pelo.
Ci metto un'ora a decidere e finalmente mi decido.
Esco dalla zanzariera putrida e martoriata facendo pian pianino,
sono scalzo,
spero di non pestare nulla che possa incazzarsi e mordermi.
È notte inoltrata,
buio pesto,
credo siano le due e mezza circa,
la latrina è lontana e temibile,
non posso raggiungerla,
tutto tace.
Alzo lo sguardo e vedo uno spettacolo da National Geographic.
Sono immerso nelle stelle,
le ho tutte intorno,
sono parte di qualcosa di estremamente immenso.
Il mio naso è tra la via lattea e Andromeda,
sono l'astronauta alieno di un altro pianeta sceso sulla terra

per fare la pipì.
Ma dove sono tutti?
Cosa andiamo cercando ancora?
Agiate poltrone da presidiare tra lo smog e le bombe di un altro attentato terroristico in diretta, mentre l'inquinamento luminoso non ci fa più contare quante sono le stelle.
Torno a dormire che è meglio.

***

Quattordici galli all'unisono suonano la sveglia.
Sono le 5:00 del mattino credo.
Passi, grugniti, cinguettii, brace,
assi di legno che scricchiolano,
sotto i passi scalzi dei padroni di casa.
L'uccellaccio demoniaco che questa notte è entrato strillando come un ossesso e mi ha svegliato, era sopra di me,
accovacciato sui travicelli del soffitto,
ne sono sicuro.
La colazione è ricca ed abbondante,
siamo ospiti della famiglia.
Uh, le nostre tazze!
La pasta thai con il pollo e le verdure per il pranzo di oggi nella foresta resterà calda, racchiusa con arte tra le foglie di banano a strati.
Addio tribù.
Il sentiero che porta a valle è ripido e scosceso.
Sento ancora i gridi del volatile spiritato nei ritorni dell'alcool,
Il frangersi del fiume è sempre più vicino, dobbiamo risalirlo per molte, molte ore.
Panico.
Entriamo ed usciamo dall'acqua,
siamo esausti, zuppi.

Ci sono liane ovunque,
manca solo Tarzan.
Il cordone delle spagnole è in seria difficoltà,
la tedesca ha la febbre,
mi sa che 'sta cosa l'hanno un po' sottovalutata,
lo capisco dalle scarpette da scoglio che hanno tirato fuori dallo zaino per domare il fondale.
Qualche ferita è inevitabile.
Pure l'iguana ci prende per il culo,
bellissimo, statuario, mimetizzato nella vegetazione.
Paura dei pipistrelli?
Tranquilli,
qui o passa, o si crepa di infarto.
Ce ne sono migliaia nella caverna che dobbiamo trapassare,
svolazzano ovunque e tutt'intorno, disturbati dalle nostre torce.
Sapete cosa vuol dire "leech" in inglese?
Vuol dire fottutissima sanguisuga che ti azzanna un polpaccio.
Me la toglie jungleman e la brucia con il fuoco.
È un bene averlo dalla tua parte.
È oramai il mio buon migliore amico, abbiamo stabilito un contatto grazie alle mie stronzate mimate che lo fanno ridere, ma ci sono voluti due giorni.
Superiamo le rapide nella caverna,
le dita delle mani si conficcano tra le rocce delle pareti a stenti,
le unghie si riempiono di fango e muschio.
Un ultimo affannoso respiro,
poi la luce,
l'uscita.
Una leggera pioggerellina sbrilluccica con il sole che va e viene,

raggi di sole nel verde rimbalzano tra le ombre della foresta e
i nostri sguardi rarefatti,
adesso è un po' come rinascere.

***

Siamo spiriti nella giungla,
liberi di pensare che anche la tarantola stanata per gioco può essere mortale o bellissima.
La differenza sta tra chi ci crede e chi non gli importa,
tra le dolci dannazioni per dover tornare,
e le lacrime che implodono dentro l'ennesima emozione.
Noto che i nostri sguardi sono più intensi oggi,
c'è un'aria complice e condivisa mentre il pick-up ci carica sul retro,
mentre la foresta ci scivola dietro,
stretti e appiccicati,
stupefatti,
tra i nostri scarponi accavallati e sporchi di fango.

***

Sono oramai le 23:00 del 03 novembre 2016,
butto giù qualche bozza dal letto a castello dalla nostra cuccetta 1^ classe mentre la Thailandia mi scorre davanti attraverso le porte aperte di questo vecchio treno.

Ha gli interni vintage, il Chiang Mai – Bangkok delle ore 18:00.
Arrivo previsto domani,
ore 6:30 del mattino del 04 novembre 2016.

Assolutamente da non perdere,
ma senza dire di sì alle hostess che vi sorridono,
e senza ordinare la cena.

C'È UNA GIOSTRA CHE GIRA

Scrivici sopra che poi passa,
c'è una giostra che gira
e un foulard di seta dolce al collo.
Stufo di retoriche scollate come scarpe vecchie,
di elemosinare gentilezza,
di caramelle da amici vigliacchi.

Che se ne vadano al diavolo le mie inviolabili priorità,
le precedenze e le prescrizioni,
lo scadere,
il tempo che fugge.

È il soffio leggero che ti sfiora,
c'è una giostra che gira
e un foulard di seta dolce al collo.

Non c'è vento questa notte,
c'è che piove e suona bene,
vellutato e complice.

È ironico quanto sia chiaro a volte il lato oscuro,
quando impari a riconoscerlo e poco a poco,
lasci che muoia di fame.

FORMICHE ROSSE VI UCCIDO

A volte l'indifferenza è complice e ti fotte,
altre volte ci si mette la collera,
ma poi ti radi e rivedi il tuo viso,
quindi in fondo 'sti cazzi, pensi,
se non ti riconoscevi più,
se non ti vedevi più,
se non ti sopportavi più,
ora sei lì che guardi le pupille dilatarsi mentre l'acqua dal rubinetto diviene sempre più fresca.
Fa caldo fuori,
il termometro segna quaranta gradi.

È l'oggetto del desiderio di oggi,
uno stupido vecchio sporco specchio opaco,
dove l'immagine riflessa non sei te,
ma quella di uno stolto ubriacone scorbutico.
Maledette formiche rosse vi uccido.
Siete così operose e mortali.
Mi fate rabbia,
vi schiaccio.

Nel caricatore della mia Glock, vorrei trentatré proiettili belli incazzati.
Odio quegli squallidi letti condivisi da persone sconosciute da almeno vent'anni.
Una gita a Nizza e Montecarlo,
un giro di roulette e un paio di scarpe da
millenovecentocinquantanovemilaeuro.
Dove vuoi che ti spari oggi?

Non ho numeri sui quali puntare,
solo vecchie foto che tra le mani mi strappano sorrisi e
lacrime al sapore di polvere da sparo e piombo fuso nel culo.

Ma lo ricordi tu, quando eri piccolo?
Quando il trambusto delle somiglianze ti rimbombava come
un jet al decollo?
Quando odiavi lo specchio e ti fissavi le mani?
Ma certo che di tempo ne è passato e tante notti insonni
anche.
E quindi adesso?
Ora che succede?
Usciamo questa sera,
prenotiamo un tavolo in un cinema all'aperto.
A piazza Vittorio ad esempio,
con la luna che sale lenta tra le rovine e le foglie degli alberi.
Lo sguardo è ancora complice,
dove sono finite le differenze?
Potrei spiegartele ma non ne ho voglia.
Un odore può riportarti indietro per miglia,
ma anche farti precipitare di nuovo,
mentre tutti andranno avanti senza accorgersene.

C'è il mare di un blu cobalto oggi,
da dentro puoi ammirarne i riflessi,
puoi confonderti nella luce,
puoi startene con la pelle salata scottata dal sole.
La brezza magnetica ti solleva dal torpore pomeridiano,
è un mulinello nevralgico di essenze e benedizioni da
dissacrare.
Ancora una volta.
Ed è inutile quanto possa pesare,
quanto tutto sembri blasfemo.

Sono colori empatici che dialogano in tele diverse,
profumi di passioni e odio brutalmente assassinati
dall'incapacità di persuadere.

E poi momenti che terrei per me,
che non cambierei,
altri che regalerei per una condivisione mondiale.
Sembra che oggi condividere non
voglia dire regalarsi,
ma corrompersi,
corrompere cerchi che stentano a chiudersi.
Corrotte formiche rosse traditrici.

Rispondimi pezzo di merda!
Dico a te che mi fissi.
Cos'hai da guardare?
Sei solo uno stupido vecchio sporco specchio opaco privo di
espressione e senso.
Hai una cravatta che fa schifo.
Sei finto e ti uccido.
Ti sparo.
Finalmente sei morto.
Vuoi ascoltami adesso?
Tutto questa sera è psicologicamente scorretto.

FOLLIA

Perdi
e colori la sconfitta di un pastello opaco.

Lasciala andare,
sospirare,
consegna questa tua fissazione a scrupoli e senso.

Ancora un bacio e poi il sapore di poterla leggere,
immaginarla in queste luci astratte voltarsi.

È l'incanto di questa stridente follia.

UN'ARIA FRIZZANTE

Domenica di una neve eccitante,
vergine, compatta, complice.
L'aria azzurra e questo cielo fanno finalmente respirare.

Non c'è posto per cattivi pensieri,
ma c'è il sole, c'è il vento,
c'è un silenzio divino e assordante.

Tutto rimane immobile,
facilmente intuibile,
non ho domande.

La sinergia del suo sorriso ha fermato il tempo.

PLEASE DON'T TOUCH

A Bologna ci si va col treno,
tanto una borsa basta e avanza,
ma quale trolley, dice.

Intanto ci prepariamo dal venerdì sera,
con un bel dolce Montblanc e un' aragosta alla crema,
tutto da steccare in due alla festa dell'unità di Conca d'oro,
dopo il calo glicemico per il film "Ecce bombo" all'aperto.

Ha organizzato lei,
ma stasera ha ripiegato.
Dopo la Zecca dello Stato e il cabaret Bohémienne,
la terrazza del Lanificio e La casa Delle Donne,
non ce l'ha fatta.
L'organizzatrice di eventi ha ripiegato.
Vediamo un sacco di bei cespugli per poter vomitare all'una
di notte a Roma.

Si parte sabato mattina per Bologna a piedi,
direzione metro Pietralata,
ci siamo quasi,
ma forse è meglio tornare a prendere il trolley e rifare la
valigia sul marciapiede,
ma anche no,
meglio in stazione, dice.

Pranzo sotto i portici,
dimentico il cappello al ristorante,
giro classico,

Bologna centro,
i segreti,
la piazza.
San Petronio è giallorosso,
poi Santo Stefano,
dove i benedettini fanno gli aperitivi e l'amore nei sarcofaghi.
Hanno inventato i dj e il "please don't touch".
Ma che ridanno "Ecce bombo" pure a Bologna?
No ti prego!
Macché, è 2001 Odissea nello spazio di Kubrick in lingua originale.

Il sole tramonta alla festa di matrimonio,
un po' sagra dello gnocco fritto,
un po' raduno della lega in incognito.
Poi i moscerini, tanti, le zanzare pure, tante.
Il gruppo è al collasso,
gli "ottantaminchia" hanno poca minchia e tutti i parrucchini tranne due,
uno sicuro,
l'altro vai a vedere.
C'è bravo il dj.
Mi sembra di aver visto la Littizzetto.

Please don't touch!

Scusate volevo precisare una cosa: il gruppo è al collasso,
ma è appena arrivato un furgone di frutta tutto per te cara.
Ho perso 80,00 € dalla tasca nella landa.
Dopo due ore li ritrovo con la torcia dell'iPhone vicino al fosso.
Ma come cazzo ho fatto a fare entrambe le cose?

Pronto mi scusi..
è il ristorante Bisette?
Avete mica trovato un cappello?

Si mangia e si beve,
si fuma e si beve,
si beve.
Sono le tre di notte,
facciamo due cerchi nel grano e andiamo via,
lasciamo il segno!
Meniamo alla ragazza che si appoggia in macchina, povera;
però intanto alla festa ha rimorchiato.
All'altra le viene da vomitare, fermiamoci,
ma no dai, tanto mancano 5 minuti per la tangenziale!
Lo dice ogni dieci minuti Tommy che guida,
però alla fine è stato bravo.
Le gira tutto,
è l'effetto giostra.
Meglio guardare la strada.

Casa senza bagno per la perdita,
per fortuna c'è il condizionatore.
Prende le chiavi,
andiamo dai vicini,
scusate si può?
Dovremmo andare al bagno!
Vai!
Via libera!

Recupero il cappello,
non nello stesso ristorante che era chiuso,
ma nella pizzeria accanto come da accordi.
Belli i colli bolognesi,

finalmente si rimangia,
bene, molto bene,
altro che al bar delle partite di Tommaso,
siamo al fresco,
ed è il secondo cameriere sardo in due pranzi a servirci.
Questo però aveva fatto qualche cazzata da giovane.

Una consolle, ancora dj.

Please don't touch
Please don't touch
Please don't touch..

Il dito medio e un naso possono lanciare messaggi
subliminali che arrivano come frecce, lo sapevate?
Bad vibration,
good vibration,
ancora un dj.
Stampato sulla maglia del posteggiatore nero questa volta,
andiamo via subito,
niente mancia.
Saluti e abbracci veri, grazie!
Torniamo per terra,
la differenza per anticipare il treno non te la diamo.

Sdraiati tra i fratelli neri,
ma dove cazzo sta la stanza freccia?
Poi il viaggio.
Belli i girasoli dal finestrino,
sono tantissimi.
Poi Roma.
Bella Roma sempre.

Ancora dj.
Please don't touch.
Pronto amore ciao,
papà è tornato da Bologna,
sei uscita poi con il dj?

TIC TAC

Partiamo venerdì 17 notte,
ma non perché porta sfiga anzi.
È produttiva la notte quando è venerdì 17,
vengono a galla un sacco di segreti,
un sacco di baci,
un sacco di scommesse.
Poi l'aria è limpida e fuori ci sono tante stelle quante ce ne erano in Francia quella volta,
sempre per noi tre,
verso Parigi alla stessa ora,
ce le ricordiamo.

tic tac - tic tac - tic tac

I guardiani fanno entrare tutti,
basta che saluti e ti spalancano il cancello.
Apriamo casa,
si tira la tenda,
si sposta il tavolo,
il rumore del condizionatore deve essere addomesticato per bene, ci vuole un bastone.
Cornetti con la nutella fino alle due del mattino;
ma come avrebbe fatto il mondo senza Ferrero?
Spengere lo split con quel telecomando è quasi come impugnare la spada fluorescente di Luke Skywalker.
Togliamo la batteria dall'orologio che non ci fa dormire.

tic tac – tic – tac - tic tac

Spiaggia, mare, sole,
facce amiche e nemiche.
C'erano una volta due panda,
ora sono in tre nella Taverna di Poseidone.
Spaghetto alle vongole e insalata di polpo.
La dieta dei panda.
Poi il riposo dei mammiferi onnivori,
guai disturbare.

Spiaggia, mare, sole,
facce amiche e nemiche.
Al tramonto i simpatici orsi fiutano l'odore degli spaghetti al cartoccio.
C'è una ragazza con loro ora,
non si sa mai facessero tardi la notte.
Meglio se ci sia un adulto a controllare,
anche in Thailandia funziona così.

Lo ama, non lo ama, che ti ha detto?
L'amore esiste solo quando è irrealizzabile.
Notevole.
Cin cin, salute.
Ci si guarda negli occhi quando si brinda,
ma c'è chi guarda il vino perché "io guardo il vino!"

tic tac - tic tac - tic tac

Un mollusco acrobata fa uno spettacolo al trapezio a luci spente;
è bravo perché usa solo le torce degli iPhone5c,
uno verde e uno celeste comprato a giugno.
A proposito:
sapete come si finisce un topo dopo averlo catturato con una

trappola a Pisa?
Si affoga in un secchio e si guarda che affoga,
fissando sadicamente le bollicine d'aria che tornano in cima.
Che figata, che soddisfazione!
Ma povero topo mi direte!
Comunque il numero riesce alla perfezione,
il salto della cozza dallo spaghetto al cartoccio a quello al salmone è perfetto.
Applausi e bravi tutti,
bravo il cuoco.

C'è la riserva dei gatti tra le rovine di Terracina vecchia,
le regole da seguire se vuoi dargli da mangiare, puoi leggerle.
Ma dov'è la macchina?
Sotto le scale.
Siamo arrivati.
Hai capito che giro?
Lo smalto nero con i brillantini non si trova,
meglio dare di nuovo da mangiare ai Panda.
La ragazza li accompagna dalle bombe fritte.
L'ora è perfetta.

tic tac - tic tac - tic tac

Quelli di Radio Maria sono esaltati e i guardiani del lido
fanno proprio entrare tutti,
anche se hai un gelato conficcato nella bocca e sanguini.
La ragazza torna a casa,
chissà se porterà ancora in giro i panda la notte.
Buonanotte.

tic tac - tic tac - tic tac

Mai fare arrabbiare l'esemplare più giovane,
specie quando perde le scommesse.
Colazione abbondante,
spiaggia e sole e mare,
facce amiche e nemiche.
L'esemplare giovane è facilmente irritabile e ha fame di pizza.
Assecondarlo e farlo dormire può essere una soluzione.
Finalmente la mozzarella di bufala.

Con la bimba di due anni abbiamo costruito la tomba di Peppa Pig con la sabbia, ma lei non lo sapeva e rideva. Appena le abbiamo detto che c'erano anche le ossa è scappata piangendo.

I panda hanno vinto,
sono sul podio!
1° 2° 3°

FEBBRAIO È VERAMENTE UN MESE DI MERDA.

E questo è un fatto.
Ma sapete chi è Gerard Moliné?
Un designer spagnolo,
l'ideatore del decesso eco-friendly e
dell'unica futuristica Urna Bios cineraria,
il cofanetto 100% biodegradabile che terminate le esequie,
interrato con le ceneri del nostro cadavere e un po' di
terriccio,
ci trasformerà in una pianta o in un albero,
dipende dai gusti,
da quale specie vegetale vorremmo resuscitare.
Altro che bara in mogano col vestito buono.
Per carità!
L'idea mi piace!
Ora toccherà rivedere la mia volontà di essere incenerito e
disperso nel mare o diventare un bell'albero,
con tanti amici alberi intorno e la chioma sempre al vento.
Saremo protagonisti di una nuova esistenza,
di una vita migliore,
più agiata,
dai valori consolidati in radici profonde.
Certo,
le stesse attecchiscono dalle nostre ceneri, dove gli atomi e
i sali minerali, residui della nostra esistenza, sono risucchiati
dalle neonate radici e tramutati nella linfa vitale che ci farà
campare un sacco di altri anni.
Forse.
Certo, per chi non ha mai avuto il pollice verde saranno guai,
ma questo è ancora tutto da dimostrare.

Potreste scegliere di diventare una palma da olio di palma, ma che cazzo!
Rischierete di finire in qualche sacchetto di biscotti e continuare a devastare i polmoni naturali del pianeta, sterminando gli habitat degli orangotango e delle tribù indigene.
Ma a noi cosa cazzo frega degli oranghi e delle tribù vero?
In fondo parliamo di febbraio, un mese di merda, il mese del trapasso.

Dal web:
"La parte superiore dell'Urna Bios è stata appositamente progettata per permettere al seme di germogliare. Prima di seppellire l'urna, sarà necessario miscelare i componenti con un po' di terreno su cui si desidera far crescere l'albero. Grazie alla sua struttura, Urna Bios mantiene il seme distaccato dalle ceneri. L'albero cresce nel vano superiore, fino a quando l'urna s'inizia a degradare.
L'urna, pensata già nel 1997, e premiata con diversi riconoscimenti nel corso degli anni, è in vendita on line e spedita in tutto il mondo al costo, tutto sommato economico per una resurrezione, di € 75,00 più le spese."

Ma che discorsi!
Sarà che odio febbraio, un mese di merda.
Corto e mozzato,
non so mai quando arrivi martedì o giovedì grasso se non dalle foto di feste mascherate e dai servizi dei Tg sui carri già passati.
I carri.., ma che palle!
Dispiace per gli altri che a febbraio ci tengono,
ma che ci posso fare?
In questo mese di transizione hanno concentrato tutte le

ricorrenze che più odio,
San Valentino, San Remo e Carnevale,
un trittico di carognate e merdate mediatiche da degustazione
che non servono a un cazzo!
È ovvio che a un certo punto cominci a pensare a cose
strane,
al senso della vita dopo la morte,
soprattutto se non puoi neanche farti ammazzare in santa
pace se ne senti il bisogno,
e trasmigrare in Svizzera perché qui manca una legge.
Questioni di priorità, ci sono i finanziamenti per i circoli di
golf da discutere prima per esempio,
ma che volete, scusate?
Non giocare più a golf?
Ma dei coriandoli spiattellati sui marciapiedi e con le stelle
filanti pure ne vogliamo parlare?
E dell'odore di schiuma da barba in quelle giornatine fredde e
piovigginose?
Ma che tristezza infinita!
Il tutto immortalato per giunta da un selfismo selvaggio e
filmati tremolanti,
da bambini trasfigurati che urlano indemoniati e da genitori
che facendo finta di divertirsi, pensano al giorno in cui finirà
tutto questo,
desiderando una sepoltura dignitosa mentre maledicono
febbraio e bestemmiano San Valentino.
Comunque,
se proprio poi non volete farvi incenerire e riporre
nell'urnetta biodegradabile,
potete sempre adottare il progetto di Capsula Mundi,
dove il vostro ex corpo sgraziato, è disposto e rannicchiato
in posizione fetale dentro un gigantesco uovo in "plastica" di
amido biodegradabile che, decomponendosi, nutre e alimenta

il seme da voi scelto e disposto sul terriccio di superficie; anche in questo caso, le radici attingono il nutrimento dal vostro corpo in decomposizione e sviscerato dalle migliaia di vermi riprodottisi nella vostra carcassa putrefatta.

Dal web:
"Concretamente Capsula Mundi è un contenitore dalla forma arcaica perfetta, quella dell'uovo .. simboleggia la rinascita .. e rappresenta in molte culture l'elemento di congiunzione tra terra e cielo, quindi tra corpo e spirito."
"Capsula mundi è messa a dimora come un seme nella terra; sopra di essa, a segnarne spazialmente la presenza, viene lasciato un cerchio di terra ribassato. Al centro di questo è piantato un albero la cui essenza viene scelta in vita dal defunto e sarà cura dei parenti e degli amici seguirne la crescita"
"In questo modo il cimitero potrebbe trasformarsi, spogliandosi della sua veste talvolta lugubre e diventando un grande parco sacro."
"Se visto come fenomeno naturale, di trasformazione delle sostanze, il trapasso è un momento di ricongiunzione dell'essere alla natura, al suo perpetuo mutare."

***

Capito che roba?
Febbraio mese d'impicci e impiccetti,
mese di donne inviperite,
di uomini molli,
di castagnole, frappe e film sui defunti da vedere la sera di San Valentino.
"Departures" di Yojiro Takita ad esempio,
da non perdere assolutamente.

È la storia di un compositore di morti,
un'opera per la quale sono occorsi dieci anni per permettere a Masahiro Motoki, l'attore, di imparare personalmente l'arte della preparazione dei defunti e la tecnica necessaria per imparare a suonare veramente il violoncello.

Da web:
"Il ruolo del Noukanshi (tanatoesteta, letteralmente maestro di chiusura della bara) consiste nel preparare il corpo del defunto prima che venga messo nella bara, in modo che i parenti possano offrirgli l'estremo saluto.
Viene chiamato dal Sougiya (direttore del funerale) e si occupa di una cerimonia che prevede di lavare e cambiare il corpo davanti alla famiglia senza mai mostrare parti del cadavere (ad eccezione di mani, piedi e testa), grazie ad attenti e precisi gesti codificati …
… dopo il funerale religioso (di qualunque confessione fosse il defunto) la bara in legno viene chiusa e cremata …
… il lavoro del Noukanshi è considerato fin dai tempi antichi una professione infangante per via del concetto scintoista del Kegare (traducibile con sporcizia, profanazione), una sorta di condizione di impurità generata dal contatto con determinate situazioni.
Il principale vettore del Kegare è proprio la morte, per cui gli addetti a maneggiare i cadaveri sono stati per lungo tempo considerati degli emarginati e discriminati dagli altri. Con la caduta del sistema feudale le cose sono migliorate molto ma il problema non è risolto ancora adesso, al punto che il solo parlare di queste discriminazioni è un tabù."

***

Ora che abbiamo una panoramica completa e una terza possibilità per la gestione del nostro futuro cadavere, potremmo pensare ad un'alternativa per i soliti cimiteri tradizionali con i marmi, i lumini, le tombe spoglie di poveri cristi dimenticati e i fiori trafugati.

Ma solo a febbraio mi raccomando,
perché proprio non lo sopporto!
Il mese del trapasso,
dei pensieri offuscati,
d'idee mortali dalle quali devi difenderti.
Il mese dei matrimoni defunti e dei defunti ricordi.
Mese dei cambi generazionali che un po' ti confondono,
di Oriente e Occidente,
di passato e futuro,
di ruoli e generi da decifrare per comprendere le scelte che ogni transito impone.
Fortuna che passa, fortuna che scorre e che poi riposi.

Del resto la penso proprio come lui che adoro,
geniale nel sunto di questo suo pensiero:

"La vita è piacevole. La morte è pacifica.
È la transizione che crea dei problemi"
(Isaac Asimov)

L'APE REGINA

Stento a crederci ma non risponde, le statistiche sul mio quoziente intellettivo sono veramente discutibili.
Possibile che nessuno interrompa questa serie di flussi migratori?
Queste idee malsane innescate con il sangue e il culo degli altri?
Idee allo sbando, ubriache di convinzioni e spicciola onnipotenza.
Sarebbe importante saper tacere a volte e invece questi idioti ti augurano buon pranzo.

Buon pranzo..
Buon pranzo un cazzo!

***

Scaffalando sogni ed equazioni e pennellando di grigio questo orizzonte,
ho dipinto un mare nero e tetro,
di quelli che mi piacciono tanto perché ti entrano,
ti parlano,
ti leggono poco a poco.

Di nuovo attoniti davanti questo tramonto violaceo bluastro,
fumiamo ancora,
dissociamo le personalità e frammentiamole in tanti piccoli sogni indelebili.
Lo senti?
È il rumore del motore e del mare che si sfrangia sugli scogli.
Lo conosciamo bene,

stringimi forte,
c'è odore d'olio e salsedine in questi versi.

***

Ma l'Ape Regina della spiaggia non è contenta.
Sbuffa indomita nel suo alveare.
Tira fuori il pungiglione dal culone.
Vuole una barca nuova,
più grande, più maestosa.
Almeno 28 metri.
Ci vuole su il collegamento internet stellare con il quale può essere sempre aggiornata sulla lista nera delle badanti della Roma bene.
Quella ideata dalla Li Gotti, ingegnere aerospaziale e donna in carriera.

"Quelle bastarde extracomunitarie!
Pensate!
L'ultima delle dodici che ho assunto, ottimamente recensita dalla Li Gotti,
aveva un odore troppo forte e ha osato contraddirmi!
Fuori da casa mia!
Schiava!
Penserò personalmente ad aggiornare le recensioni,
grandissima zoccola negra!
E da subito stanne certa, dall'applicazione del mio Huawei p10!
Scriverò ben bene di quello che sei, una baldraccona puzzolente,
un oggetto avariato assolutamente da evitare,
da non considerare!
Che schifo!
Che vergogna!

Cacciamoli via tutti!
Geh zurück zu deinem Zuhause, Neger!!
Caro dimmi, l'ho pronunciato bene?"

Inoltre,
NO ai negri tra i lettini,
NO alle ragazze a chiacchierare coi bagnini,
NO agli ombrelloni bianchi o celestini,
ma neri e con la svastica!
Biiiip
Annuncio: si avvisano i lavoratori che il personale dello stabilimento e del litorale tirrenico tutto non potrà non fare il saluto romano al sole la mattina all'alba.
Biiip
Pena licenziamento coatto senza preavviso e impalamento due tacche sotto la bandiera gialla del vento pericoloso.
Biiip
La temperatura è di 32 gradi centigradi, il vento fresco e moderato.
L'alveare vi augura un buon proseguimento di giornata,
e naturalmente buon pranzo!

Buon pranzo..
Buon pranzo un cazzo!

***

Oooh .. ma quanto ride adesso ..,
grassa e piazzata sulla sediola riva mare,
con intorno tutte le sue spregianti concubine.
Ma chi è veramente l'Ape Regina?
L'indiscussa mente mediocre che spopola gli stabilimenti affollati di agosto?
La padrona della spiaggia e dei venditori ambulanti che ogni

giorno se ne partono affamati e carichi come somari;
che si spezzano le ginocchia e arrivano al suo cospetto;
che gli offrono preziosi da ogni dove.
Pregiate e ricercate mercanzie realizzate coi materiali più rari e introvabili;
oggetti del desiderio provenienti dalle più remote regioni delle tundre e dei ghiacci.
Posa ceneri e statuine intarsiati dal legno antico dell'unico albero della giovinezza, scoperto in Palestina durante l'ennesimo bombardamento e riservato a lei dalle famiglie Tuareg.
Tessuti intrecciati dai maghi Nepalesi, coi filamenti delle stelle degli alieni e i peli del Bigfoot tibetano;
mescole e pozioni di sogni degli antenati morti, con lo sperma dei cavalli nani della steppa mongola.
Collane e bracciali di terra e fuoco, appositamente forgiati dopo le trivellazioni volute dal referendum, a centinaia di chilometri verso il centro della terra.

Tutto per l'Ape Regina della spiaggia,
protettrice dei venditori ambulanti e del commercio off,
del benessere ad ogni costo,
dei poveri disgraziati che sperano in un suo gesto di clemenza,
in un suo cenno di benevolenza,
di baciare le pietre della provvidenza che luccicano dai suoi anelli miracolosi, che incastonati nelle dita medie ciccione, mandano a fare in culo il poverume che la circonda e che odia, che non le appartiene.
Che detesta!
Le concubine applaudono in estasi,
l'alveare degli ombrelloni è in festa.
È l'ora dell'aperitivo delle menti mediocri.

E voi,
tornatevene a casa adesso,
stupidi idioti miserabili pezzenti.

***

Dal web:
"Mal nutriti, privati della possibilità di andare a scuola, socializzare, avere un pasto adeguato e cure mediche idonee, i bambini spaccapietre, che vanno dai 2-3 anni in su, crescono senza la minima consapevolezza dei propri diritti e nell'impossibilità di migliorare le proprie condizioni di vita. Il numero esatto non è identificabile – molte cave sono nascoste – ma si parla di migliaia. Tale attività comporta conseguenze, sin dai primi anni di vita, a livello sia fisico che psicologico. Schegge e polveri di pietra e terra provocano problemi agli occhi, congiuntiviti pesantissime o anche la perdita della vista. La posizione – tutto il giorno seduti con le gambe piegate – porta malformazioni alle gambe e alle dita dei piedi. A volte le dita delle mani si fratturano. A livello respiratorio l'asma è la patologia più banale, spesso ne conseguono malattie più gravi. Subentrano problemi all'udito dovuti al rumore incessante dei martelli. A livello psicologico, hanno scarsa capacità di relazione e sono come bambini mai cresciuti, immaturi per l'età che hanno. Vivendo in villaggi molto poveri, la loro dieta non prevede il consumo di proteine animali o vegetali, si nutrono unicamente di un impasto composto da farina di riso o di manioca e acqua, una sorta di polenta che sazia ma con un apporto nutritivo minimo."

Le pietre che i bambini africani spaccano martoriandosi,
che scavano per il commercio dei minerali dei nostri schermi
full hd,

le pietre dei sacchi di coscienza che svuotiamo tra ricci di mare e crudità,
tra una linguina all'astice e sbronze di vini pregiati,
tra sesso e marijuana,
tra mozzarelle di bufala e champagne.
E intanto viene in mente che anche uccidere un'orsa che fa l'orsa è stata una notizia troppo triste,
di quelle che ti fanno salire la scimmia killer.
Che siate maledetti Dio Orso!

***

Ma il disincanto lo conosciamo tutti,
la realtà delle cose strattona la corda che hai appesa al collo e che si fa sentire,
Eh sì, le statistiche sul mio quoziente intellettivo sono veramente discutibili,
stento a crederci,
ma è proprio così,
vorrei affogarla quest'Ape Regina e devastare tutto il suo stramaledetto alveare.

***

E dispiace non averti incontrata stanotte,
avremmo potuto cogliere le risposte in un cesto di vimini e liberarle sulla costa al faro del Circeo,
il vento le avrebbe trasportate oltre il mare,
oltre a tutto,
oltre il naufragio dei nostri destini.
Sarebbero arrivate di nuovo dopo il giro del mondo,
dopo aver parlato con i desideri di tutti,
dopo aver azzittito i chiacchieroni devoti e questi uomini

minacciosi in costume da bagno.
È arrivato il momento,
forse ci stiamo trasformando,
forse vorremmo solo cantare,
sentire il profumo dei panni stesi e dell'erba,
forse la metamorfosi riuscirà a cambiare il colore della nostra pelle,
forse stiamo solo morendo annegati,
asfissiati,
stipati,
come diavoli tra i nostri simili,
come amori e fiori.
Trafugati
Soli
Smarriti
Strappati
Domati
Rinchiusi
Sbocciati
Clandestini
Appassiti.
Amori come fiori.
Senza una vita ne una morte degna.
Senza confronto ne riscatto,
senza sfogo.
Ammazzati come i conti che si fa il mondo alla fine del giorno,
morti e numeri che non vogliamo contare.

***

Biiip
Annuncio:
sono le ore 13:30 e si sta divinamente.

L'Ape Regina ricorda a tutti come di consueto le ventiquattro ore di silenzio.
Buon pranzo.

Buon pranzo..
Buon pranzo un cazzo!

CONTORNI

L'urlo che sento,
il torpore della mancanza che soffoca,
è il mio sangue quello che percepisco pulsare.

Poi che gli anni ti investono,
e i domani,
che a volte t'importano e a volte ti schiacciano.

Di nuovo oggi,
con la voglia di starle accanto con la luna piena che guarda.
Tutta colpa di questi fottuti programmi per la televisione che conta.

Dai finestrini dell'auto le luci spezzate attraversano i vetri sgocciolanti, piove.
L'aria dentro comincia a scaldarsi appena, mi muovo.
Il tergicristalli scandisce il tempo che ci scavalca ogni volta.

Comprimi, frena, contieni gli argini della malcapitata impazienza,
prestagli ancora una volta l'importanza che merita,
donagli il tempo necessario finché tutto possa essere o cessare nel migliore dei modi.

È un sorriso bello anche se velato,
ora che stai naufragando e puoi ritrovarti nei sogni,
adesso che abbiamo dedotto che c'è dell'altro, in questo contorno.

Un profilo e un'ombra che si incastrano alla perfezione,
ci puoi abitare dentro e sentirti a casa,
puoi esserne cacciato e respinto a morsi,
ma nessuno potrà sentirsi mai come me adesso.

SOFFI DI VENTO

Anfratti troppi angusti per la mia intelligenza mediocre.

Proverei a decifrarne il senso con due passi sulla riva,
chiedendo all'orizzonte che sfuma.

Troppe pagine strappate, bruciate da questo sole rosso
e un soffio di vento a ricordarne l'odore.

NOTTE DI AGOSTO

Quiete e silenzio,
il fresco della sera che tralascia le cose da dire,
cadono le stelle a volte.

Belle le lucciole quando ci sono,
bella tu che manchi.

Le olimpiadi, le gare,
i film fino a tardi la notte, fino a troppo tardi.

Tutte le cose che ho ancora da fare,
non ci penso,
fumo.

In quest'agosto spasmodico occorre che freni.

Occorre un'idea che capisca come valicare l'accenno,
che ricomponga l'abbandono,
che trafigga la voluttà di questa notte e rispedisca tutti i diavoli all'inferno.

UNA COSTRIZIONE BELLISSIMA

Continua a cercare,
a rovistare,
fruga e svuota questi scatoloni nastrati,
devo assolutamente entrarci,
maledette palline di polistirolo,
siete ovunque!
Sono proprio brave a nascondere,
a proteggere tutto dalla trascuratezza disinvolta della vita moderna,
impossibili da contenere, da arginare,
non ti lasciano mai vedere bene il fondo.

La mia curiosità sta dilagando,
trabocca voracemente da ogni lato.
Sta riempiendo tutto,
le case, le strade, i cortili, le città, i parchi,
le piscine di lusso e le vasche da bagno sfasciate nelle discariche abusive.
I miei punti interrogativi sono oramai ovunque,
si sono organizzati per conquistare la nazione.
Li vedi al bar, sulla spiaggia,
hanno invaso il paese,
vogliono spazzarmi via!
Occorre sbarrare le finestre, con degli assi di legno inchiodati per bene e tapparsi in casa, per pensare al golpe del secolo.

Mentre passeggiavo qui fuori,
ho calpestato un elfo che si stava facendo una canna tra l'erba alta del giardino.

Le fate nere hanno rimosso il cadavere e se lo sono portato via indegne.
Fortuna che nessuno lo ha saputo, che nessuno ha visto,
che l'omertà regna!
Mi dispiace che sia successo ma è successo,
che vuoi farci?
La vita è dura per gli elfi distratti.
Perché sei morto elfo?
Io non volevo,
è solo che ero ubriaco,
scusa.
Ho sempre detto che l'erba alta va tagliata,
che occorre dargli fuoco,
che occorre bruciare ettari ed ettari di fottutissimo bosco per catturarvi tutti e sbattervi dentro galere affollate.
Non dovete farvi le canne maledetti elfi, eravate stati avvisati!

La piazzetta intanto si è animata come ogni mattina,
il rumore della scopa sul marciapiede bagnato si unisce al filare del vento.
Tutto fa presagire che sarà una splendida giornata.
C'è chi si accende l'ennesima sigaretta,
c'è chi è nascosto dietro gli scuri da tutta la notte.
Ci sono persone così sole che solo Dio lo sa.
La temperatura sale con il passare delle ore,
il portiere ha preso la febbre alta e ha lasciato sguarnita la postazione.
È rimasta una sedia scomposta e il giornale aperto del giorno prima sulla scrivania in legno.
Venticinque anni arrabbiati,
dice che viene dalla borgata.

"mica so' come quessi io",

"n'un guarda' la camicia, guardame 'n faccia"
"prendo 700,00€/mese in nero, hai capito 'sti balordi?
C'hanno i miliardi, c'hanno!"
"Ce l'hai 'na sigaretta?"

Ho una costrizione che mi affascina e soffoca allo stesso tempo,
ero in vantaggio,
ora vaglielo a spiegare.
Diametralmente discendo da un piano irregolare che spara a salve,
ho un ultimo colpo in canna che dovrò per forza conservare per ucciderla.
È bella da morire e lo sa.
Non ne avete anche voi una affascinante e spregiudicata come la mia?
Dovete sbarazzarvene in fretta, datemi retta.
Sparategli alla testa!
Dovreste riuscire a rimanere incontaminati, normali, adeguati ed in linea con il giusto profilo da mostrare su Linkedin.

Buongiorno!
Di cosa si occupa?
Sono un manager.
Un manager?
Sì, organizzo incontri.
Che tipo di incontri?
Incontri,
incontri per trovare madri.
Madri?
Madri surrogate all'estero.
Madri surrogate?

Madri surrogate perfette;
ho anche donatori prestanti col dna schedato e selezionato.
Primissima scelta.
Tutto è deciso nel contratto, tranquilli.
Offro splendidi nascituri,
di quelli proprio come nessuno potrebbe permettersi.
Potete decidere anche se farlo nascere in acqua o se la madre dovrà fare l'agopuntura ogni giorno o sedute di psicoanalisi per tutto il periodo della gravidanza!
Certo vi costerà di più, le opzioni sono infinite e tutte le clausole ammissibili.
Non c'è da preoccuparsi della donna,
della creatura se ne sbarazzerà alla nascita e l'unica cosa che gli sarà concesso sarà un saluto,
un augurio e un assegno.
Non potrà baciarlo se lo riportiamo nel contratto.
Questo lo inseriamo nelle riserve finali, bene!
Non lo sapevate?
È scientificamente provato che l'affinità affettiva che lega la madre al figlio è pura suggestione e può essere controllata, gestita, annullata!
È tutto sancito e gestito dal contratto.
È tutto siglato.

I bastardi di tutte le razze è bene lasciarli nei canili e negli orfanotrofi.
Cosa cazzo ce ne importa a noi.
La cosa che importa al giorno d'oggi è il business.
Sono gli affari.
Higuain è alla Juventus, ti pareva.
Scopri,
scarta,
tieni i regali tutti per te.

Dove i prossimi morti?
L'esercito è pronto,
è armato,
attaccherà al sorgere del sole.
Il sole dei poveri,
di chi è solo,
di chi raccatta cani per strada, anche se non può aver figli, ed
è felice,
degli elfi di borgata che soffocano in camice troppo strette,
di chi come me ha la testa piena di punti.
Quindici per la precisione, più una costrizione.
Una costrizione bellissima.

"Bello senti 'n po'!?"
"Ce l'hai 'na sigaretta?"

GIORNI DI GIUBILANZA

Nei tre giorni della giubilanza di Scansano diventano tutti
più buoni e più matti, merito del Morellino, del ferragosto,
dell'estate e delle cantine aperte che bisogna visitare
doverosamente.
Se eri una strega, un eretico, un vagabondo o un
bestemmiatore, non te la facevano scegliere la tortura,
semplicemente te la applicavano e tu morivi.
Supplizi, agonie, carni maciullate, sangue a fiumi.
Sono i giorni della giubilanza.
Tra strappa budella, presse, cava bulbi e cavalli spagnoli,
vince quella del grosso ratto che imprigionato in una gabbia
metallica sopra il tuo stomaco e spaventato dal fuoco, cerca la
via di fuga rosicchiandoti il ventre per uscire da chissà quale
altra parte.
Siamo promossi a pieni voti come addetti alla "chiusura
delle cantine" e come premio per aver bevuto gli ultimi due
bicchieri di vino dalle 23:45 alle 00:00 all'enoteca seria, perché
sennò poi chiude. Li puoi finirti, fumare sulla panchina fuori
e guardare la gente rincasare.
Ci saluta anche la locandiera che intanto ha chiuso.

- ehi ciao, siamo sempre noi, ma non è che riapri per caso?

Gran riserva, ciliegiolo, purosangue Sangiovese.
Un padre dice per strada a suo figlio che non si deve
piangere, si deve dire "Porco Dio" e glielo fa ripetere!
La madre non dice niente.
Ma non era solo una rappresentazione il medioevo oggi?

La strada che dall'Aurelia ti porta a Scansano è ottima per fare a gara a chi arriva prima ed anche per sfracellarti, ma chi se ne importa, anche i girasoli a ferragosto sono uno spettacolo triste.

- Tutto è "nel dentro", nel feudo.

È il suo paese, il paese dove è nata ma niente. Le strade non le ritrova neanche qui.
Cinque euro e ti scegli il vestito da templare col cappuccio, quello con il mantello è di ultimo arrivo, meglio però bere prima, meglio caricarsi bene.
Compriamo un'alabarda e un orologio da taschino.

- Cancella subito 'sta foto!

C'è il tiro con l'arco nel cortile dell'oratorio, con un euro ti danno tre frecce e due consigli.

- la senti la musichetta medioevale dai vicoli? È perché inizia lo spettacolo teatrale, scegli una pressa di paglia e siediti. Tieni il tuo bicchiere. Bevi!

C'è Leo Da Vinci che dipinge la Gioconda, c'è pure Romeo, che oggi vorrebbe essere Rom perché gli conviene e Giulietta. Poi c'è Jesus, i dodici, la morte e il mattazzone. Scommettono che Lazzaro non si sveglia perché ha la carne troppo frolla.
Chissà se tutti quanti loro sapevano che la retorica è come il bel sesso.
Lo scriveva Locke, ma io questa cosa non l'ho mai capita; però capisco il bel sesso. Sono un uomo intelligente.
La qualità della patata fa sempre la differenza insegnano,

anche quando si preparano gli gnocchi freschi la domenica mattina.
Amo guardare questo temporale dalla finestra adesso, la nebbia che sale e le nuvole che mozzano la testa alle montagne.
Ogni tanto viene a trovarmi Sheila, ed io l'accarezzo.
Bella Sheila.
Bella la domenica mattina.
Siamo signorotti del feudo che mangiano bevono e bislaccano. Siamo serviti e riveriti. Sono giorni di giubilanza.
Al piano bar delle Cascine la pista è vuota; per chi balla per primo c'è in premio un cono gelato medio; il non deambulante sosta immobile sulla sedia a rotelle accanto alla cantante attempata; la guarda con la testa girata e fisso tutta la sera.
È una serata di giubilanza.

- guarda, c'è il ricovero degli anziani, lo si vede bene e chiaro dalla finestra dell'enoteca, ha le finestrelle illuminate e sta nel bosco, lo vedi? Sì ma a proposito, quanto ci costa il vino al bicchiere?

I taralli sono compresi, li sterminiamo tutti ogni volta nevroticamente.

- Se paghi tu, due euro al bicchiere, se pago io, cinque euro; paga tu meglio.
- Ora basta, usciamo da qui, andiamo dagli hippy di Polveraia!

Ma è tardi, è l'una e mezza, mica stiamo a Roma.

C'è un rasta bianco ma è vecchio, con suo figlio in braccio di due anni che è nero. Mi sembra di conoscerlo.

Vorrei tanto vedere la madre. C'è anche la Sig.ra Barnacchi che da giovane era un po' troppo sportiva, ora ha 50'anni e due figli, ma porta sempre le stesse minigonne.
- Vedi quella con la pancia che aspetta? Era una ex monaca di clausura e quei quattro sono i suoi bambini!
- Ah però, ma dai!
- Quello veniva a scuola con me, era una capra!

I ricordi ti girano intorno, camminano e se ne vanno, si affacciano dal belvedere durante lo spettacolo per scomparire di nuovo e tornare come fantasmi nel castello dei tuoi pensieri.
C'è una gabbia appesa in alto tra due case tra i vicoli. Quella era la punizione per gli uomini di chiesa, per i quali era vietato far scorrere sangue. Quindi venivano lasciati morire di fame e sete ed il loro corpo in decomposizione, esposto per giorni.
Sempre i più fortunati gli uomini di chiesa e sono sempre quelli più in vista.

- Andiamo a dormire!
- Dobbiamo fare trentacinque gradini.
- Sono giorni di giubilanza.

***

Il posteggiatore in realtà non è di Talamone ma di Manciano e di Talamone non ne sa proprio niente. Il taxi boat per la spiaggia bianca selvaggia infatti non lo troviamo, però abbiamo parcheggiato in centro il 15 di agosto.

- Se volete vi noleggio un gommone!

Lo scoglio è perfetto. Abbiamo scavalcato il caos. Siamo al

bagno delle donne, c'è il mare, il silenzio e ancora un castello.
La gara dei tuffi puoi vederla gratis, ci sono uomini, donne e bambini di tutte le età e di tutti i pianeti.
Vince il coniglio.
Buona la farinata artigianale con il pepe e la birra fredda dopo il mare. Sono giorni di giubilanza.

***

Questa mattina ho il capello biondo lucido con l'onda, proprio come l'attore di The Mentalist, quindi andiamo a Monte Merano e siamo di nuovo nel feudo; ogni castello ha il suo fantasma e le sue catene. Ha il suo ricordo ingombrante.
Per strada puoi comprare verdure fresche e animali da cortile, ma la strega di Sovana ha trasformato tutti in maratoneti, con addosso un numero.
Ci sono i suoi gatti dappertutto. I gatti sovani. I gatti della strega. C'è anche un cane che vigila però, ma non esce mai dal suo negozio.
Puoi farti catturare l'anima dal vecchio fotografo e dalla sua amante se vuoi, ma solo nei pressi della chiesa e prima devi farti mascherare.
Le foto di una volta hanno espressioni serie ed inquietanti,

- ma noi sorridiamo vero?
- Sì, sempre!

Ci pensa lui. Uno scatto quindici euro ed ogni copia cinque.
Chiudiamo gli occhi, un altro scatto e finiamo nel feudo di Pitigliano.
C'è la festa del patrono, ti pareva, la banda, le bandierine tra i vicoli, la sagra con i tavoli in piazza.
È famoso il bianco di Pitigliano, ma a noi piace il rosso.
Niente sagra grazie, ecco fermiamoci qui, mi ispira; le delizie

di Ale ed Helga sono perfette. I loro taglieri di salumi e formaggi ancora di più e per finire pappardelle al cinghiale. Un classico.
Il conto è sbagliato, a nostro favore, daje.
Ancora ciliegiolo, ancora vin santo, ancora troppe curve per tornare a quest'ora di notte.
- Sembra il bosco delle streghe,
- Usciremo mai di qui?
- La foto la faccio io, sono professional!
- Tu cambia stazione! Guarda! Uno scoiattolo! A me sembra un cinghiale.
- Il meteo dell'iPhone da sole pieno, domani di nuovo mare.

Sono giorni di giubilanza.

***

Trovare Cala del Gesso è come trovare la sesta terra.
Abbiamo preso tutta l'acqua di Santo Stefano, sembriamo quelli di un reality nella foresta equatoriale; possiamo fare gli uomini tenda da Decathlon ora e far vedere a tutti come non ci si ripara con un asciugamano.
Fortuna che uno lo abbiamo tenuto asciutto. Fortuna che poi ha smesso. Fortuna che lei ha visto Wilde e le ha preso a ridere istericamente. Siamo fradici, zuppi, piove ovunque e dappertutto.

- Scusate voi siete quelli dei soccorsi?

Mancano i pitoni e gli alligatori ma ci sono due gran bei mastini.

- Risali presto! Arriva la cascata di fango! Veloce dai! Tutti in fuga su per le scale!

Anche i fratelli nuotatori se la svignano.

- Ha smesso?
- Si apre?
- No!
- Si!
- No!
- Si, si!

Le persone le capisci più dalle loro borse frigo che se ci parli e poi ci litighi.
L'indiano è sceso ora, gli indiani si che ci capiscono di tempo, altro che le applicazioni degli smartphone.
Sole intenso, mare intenso, la gente continua a scendere dal ripido sentiero ed ora la spiaggia paradisiaca si è trasformata in una mattanza di carne umana. Magari, niente mattanza, solo carne umana in costume da bagno viva. La guerra è per il territorio adesso, la guerra è contro le vespe quando mangi il panino e contro muscolosi calabroni coatti, dai Ray-Ban troppo grandi, dell' hinterland bergamasco.
Le guerre sono sempre per il territorio.
Qualcuno da dietro dice che i sassi hanno i colori del prosciutto. È una ragazza in carne che con il suo uomo, mister selfie di Cala di Gesso, hanno trovato posto seduti sopra due sassi, spiattellati contro la parete rovente di roccia. Non so come resistano ancora e poi sono a rischio frana.
Sono giorni di giubilanza.
La gente sulle spiagge si trasforma ed il grosso polipo questa volta si è salvato, aveva gli occhi fieri e mi ha fatto riflettere.
Nella caletta noi ci rimaniamo fino alla fine; è bello rivederla così come l'abbiamo scoperta stamani dopo la pioggia, quando si è aperta con tutti i suoi colori più un arcobaleno,

ed eravamo dieci in spiaggia.
Adesso è il tramonto e ci vuole una birra ghiacciata.

- Compra le sigarette, tanto questo è l'ultimo pacchetto!

Lo dico da mesi.

***

Hansel e Gretel decidono di arrivare fino alla vetta del Monte Amiata e ci arrivano.
Passano Poggi la Bella, il castello di Triana, il fosso del Mercilaio ed il fosso del Putrido.
Scendono e si fanno i sentieri tra i boschi ma non si perdono questa volta.
Trovano anche la croce e la Madonna degli scout.
Scattano foto, pestano e scalciano gli gnomi da sotto il fogliame, fanno la pipì dietro i sassi e poi risalgono la provinciale.
Ritrovano la macchina e decidono che è l'ora di pranzo.
Sono i giorni della giubilanza, non dimentichiamolo.
Sapevate che gli scansanesi non si prendono proprio con i poggioferrini da secoli e non c'è verso?
E che il sottobosco è pieno di diavoli?
Comunque Hansel e Gretel sono attratti da un agriturismo guida Michelin e premiato Tripadvisor sperduto tra il verde, che più verde non avevano mai visto in vita loro. Ci sono arrivati così, non si sa come, perdendosi tra i colori della Maremma, d'istinto, fiutando.
Solo verde e silenzio. Un vecchio casale. Castagni ovunque.
In località Zancona, frazione di Arcidosso, sperduta in un non luogo che sta su Booking on line, vive nell' agriturismo adibito a struttura ricettiva un'altra strega. La strega regina. La strega di Arcidosso.

Lei, con il complice Michele, ti attira e ti cattura e se non le sei simpatico, ti ingozza con polenta di castagne e cinghiale ubriaco, dopo cofane di pici biologici dal sugo genuino e pane fatto in casa, fino a che ingrassi almeno venticinque chilogrammi. Cura medioevale.
Nessuno ha mai saputo che succede dopo. Ci siamo solo noi e la pace. Ci insospettiamo, ma le stiamo oramai e senza alcun dubbio, molto simpatici; ci accoglie cauta e gentile da dietro la porta che cigola, ci spiega, ci consiglia, ci serve nonostante l'ora di pranzo avanzata, ci fa dormire fuori sulle sdraio dai teli arancioni e verniciate da poco.
Dopo la grappa alle castagne ci lascia andare, ma abbiamo di nuovo bevuto troppo.
Sono giorni di giubilanza.

***

- Lo vuoi un po' di popone?
- Vuoi che ti scioccoli l'asciugamano?

Siamo signorotti del feudo che mangiano bevono e bislaccano.

- Ciao Sheila, sei bella sei!

Siamo serviti e riveriti. Sono giorni di giubilanza.

- Non puoi capire che sogno ho fatto 'sta notte!
- Pronto tesoro, ciao come stai tutto bene? Papà è da una strega e tu?
- Pa'.., vedi di tornare normale che abbiamo l'aereo per Mykonos.
- Ehi tu!
- Ti conosco mascherina!

- Il mazzo ora è rifinito!
- Dobbiamo per forza separarci!
- O ci separiamo o moriamo!
- E non più “buon appetito”, ma “buona giubilanza!”

TUTTO TORNA

- Ma la Grecia da quale oceano è bagnata?
- Ah, ma allora quando ti tuffi non ci sono le correnti?

Oceano? Forse vorrà dire Mediterraneo!?
Ma che dice 'sto tipo? E cosa ci fa su un aereo?

- Vedi amore, non sempre i bei ragazzi sono così affascinanti!

Io e lei.
41 + 16 = 57
Ma qual è l'età giusta?
Tutte.

- Solo Mykonos? Noi ci siamo fatti tre isole, noi ne abbiamo fatte cinque, noi ne abbiamo fatte nove!

Sì vabbè, buonanotte.
Scelta azzardata e contro corrente a parere di molti, nonché temeraria e probabilmente noiosa, se vai con tua figlia.
Noiosa!?!
Qui puoi fare snorkeling e guardare un'orgia tra gli scogli se vuoi, immergerti con le bombole e gav mentre donne nude nuotano in superficie e ti sembrano angeli nel cielo, o magari ammirare semplicemente il fondale giocando con i pesci che seguono sempre la nostra bella guida subacquea quando lo smuove. Sono i suoi amici.
Comunque meglio tornare nuotando pian pianino, stile dorso è meglio.
L'acqua è divina e la sabbia d'oro.
Ce ne innamoriamo subito.

- Bella di papà, sei bella sei! Fai pace con il lettino e con il sole però, così poi mangiamo. Ma non hai fame?
Fuori l'uva, è senza semi, ma guarda che ti sei combinata in faccia! Lo sai che un maschiaccio prima mi voleva rimorchiare?
- Comunque sembrate una coppia! – ci dicono.

Attiriamo l'attenzione più noi che il festival gay.

- Ma che fisico quello col costumino con i fenicotteri rosa! E l'hai vista quella?!? Una Dea, ha pure i sandali di cuoio e un ventaglio.
- Papà secondo me gli piaci!

Intanto mi chiedo, ma cosa lo affitti a fare un quad?
Ti becchi l'acqua, il vento e il traffico, poi costano di più e sono lenti.
Se vuoi fare il figo prenditi una Jeep.

- A noi dacci 'sto Vision Honda 110cc! Il pieno grazie, the full tank! Vai ENoK! È bella quest'isola vero?
- Sì!

Quanto mi suona bene quel "si" e detto da lei, in maniera dolce e spensierata. Poi chissà dove se lo porta il vento ogni volta.

- Ehi, ma come fate a fare apnea senza costume? Tutti nudi, che nuotate! E se vi punge un anemone? O un riccio di mare?

Gli anemoni delle Cicladi sono terribili; prova a sfiorarne uno con le mani e poi asciugati gli occhi se non ci credi.

Invece lo spartano Teo del sud, è un tipo rude e ci aspetta con il suo maggiolino greco; ci presta anche un coltello, ma noi preferiamo Christina e la figlia su al nord, due tedesche bionde e belle.

- Qui siete in famiglia!

Il tramonto c'è anche nella finestra del bagno, fuori, tra gli asciugamani stesi.

- Ce l'hai un cerotto?

Io e lei.
41 + 16 = 57
Ma qual è l'età giusta?
Tutte.

Comunque 'sta discoteca non la vedo carica, ma è ancora troppo presto per Cavo Paradiso, chi hai detto suona 'sta sera?
Il kebabbaro più famoso dell'isola si chiama Kostas da Monastiraki ed il nostro scooter ENK 300 detto ENok è bianco, nuovo di pacca e sale ovunque. Vince anche la pendenza del SuperParadise in due. Incredibile!

- Sì ma entra tu che io oggi ho le pinne, la maschera e un romanzo di Hemingway! Non è il caso! Ma 'ndo' vado?
- Pa' facciamoci un selfie!

Siamo i controllori delle navi da crociera. Ogni notte mentre risaliamo la statale sulla scogliera, incantati dalla luna che illumina il mare, ne definiamo il modello, la compagnia e la grandezza, poi contiamo quanti piani ha.

Sono nostre amiche oramai, ci salutano, ed è più triste quando ripartono e lasciano il molo.
Ed eccoci nel regno arido degli Amish, ci sono solo le capre.
C'è anche Hercules, sputato ad un bronzo di Riace. Ha pure la stessa barba ed espressione; si è fatto dipingere con i colori fluorescenti e gira semi nudo a farsi scattare foto in pose ambigue.
Il suo habitat però non è su al pascolo per produrre la feta, ma la discoteca dalle 18:00 in spiaggia, dove Giuseppe il napoletano, sovrappeso e sonnacchioso nell'ombrellone accanto sino a tre secondi e mezzo prima, decide di arrampicarsi scalzo e in costume sul cubo.
Anche se con estrema difficoltà e resistendo ai dolori di schiena tipici della mezza età, alimentati da sei ore di posizione supina sul lettino ci riesce, se ne appropria con una smorfia di dolore.
Si riprende, si spolvera dalla sabbia, interagisce con cubiste e deejay, ordina ai baristi dietro al bancone un altro Gin tonic, ammicca ai suoi nuovi amici della security. È tutto ok ora.
La musica sale.
I drink gli sbrodolano dalla bocca al petto nudo e dritti giù per la panza fino al costume, uno slip nero più piccolo di una taglia.
La metamorfosi è avvenuta, ora è un animale da discoteca vero, con ghigno e occhiali neri.
La musica sale.
Le sue armoniose andature dancing raffinate da pischello durante le vacanze estive tra porto Badino e il Giona di Terracina, sono adattate e riproposte questa sera, ai fortunati della discoteca Paradise di Mykonos.
È in controluce, gli sparano addosso il fumo bianco, la musica incalza, urla arrapato, ha raggiunto la fibrillazione massima, ora è lui il Dio dell'Olimpo.

Intanto il sole cala, altrove i bassi della musica lounge investono i lettini, la gente, la spiaggia, il mare, gli arnesi al vento mezzi insabbiati.
Le bottiglie di birra scolate.
Ma il gelato no, costa troppo, meglio un drink.
Spiagge deserte, un faro fantasma, terre aride dai colori della terra e del mare; il Meltemi dell'Egeo è arrabbiato, oggi morde.
Ma quante facce ha quest'isola?
Sì però quanto è figo lo Scorpios al tramonto. Gente giusta, più grande.
Le dritte sono tutte di Thelma e Louise, scappate da Loreto nelle Marche e finite qui, al tavolo accanto al nostro tra il caos raffinato di Chora e due bicchierini di grappa offerta per aperitivo da due abruzzesi sfatti.
Loro vanno a ballare in riviera, mica pizza e fichi, ma non conoscono nessun parrucchiere figo sull'isola, strano.
Bello il tatuaggio.
La serata di ieri è andata alla grande! Dimitris deejay è tanta roba dicono e per spendere tanto e rimanere in pace, recitano il daimoku ogni mattina davanti a un muro, ancora un po' sbronze.
Chissà se fuggono da qualcosa, o cercano qualcosa dalla quale tornare; magari sono solo in vacanza, ancora insieme, ancora come quella volta a Formentera.
Chiacchieriamo con un greco di Atene e sua moglie; lui è un omone grosso con la faccia buona; hanno casa a Mykonos, vivono a New York, ma "This island is the number one", e lo ripete con gli occhi lucidi e fissi al tramonto. Tira su col naso, non so.

- Io vengo da Roma, abito a Roma e lavoro a Roma, piacere!
- Un rum e pera? Con papà? Sei pazza!? Vabè solo uno e

basta!

Io e lei.
41 + 16 = 57
Ma qual è l'età giusta?
Tutte.

Le mezze baguette con frittata, la feta e i pomodorini del chioschetto greco sulla strada sono il pranzo perfetto; serve la frutta, ecco, fermiamoci dall'amichetto nostro che ci pesa tutto.
Ora papà ti insegna a guidare lo scooter, sarebbe pure ora, facciamolo a Mykonos.
Tornando dal faro andiamo dritti ad una curva, ma fa niente, era difficile. Sentiamo la voce narrante come in quei film anni settanta, del tipo "le avventure di Ulisse tra i Ciclopi", che precede le battute impostate degli attori mentre la musica sfuma.
A quei due di Colli Aniene li hanno messi nel garage.
È un mese che girano tra isole e Peloponneso, ma hanno fatto venticinque giorni in traghetto.
Almeno ora possono portarsi in camera il motorino.
Noi il sigaro ce lo fumiamo alla fine, cioè io, lei no e dopo gli spaghetti agli scampi, la grigliata di pesce ed il cheesecake modificato al cioccolato.
Lo teniamo per il finale.

Mettere piede a Mykonos con tua figlia sedicenne non è scontato; non è facile perché non è facile spiegarli, i contrasti.
Per ogni età c'è una spiegazione e non è detto che serva.
Per ogni età occorre capire cosa stai guardando adesso e poi saperla condividere.
Devi prenderci le misure.

È un accurato lavoro di sartoria per dove mettere i punti e cucirti addosso nuovi occhi.
E' una bella prova quest'isola insieme.
Mykonos, la senti, la respiri, te ne innamori.
Ci sei proprio piaciuta.
C'è di nuovo il tramonto.
Come sempre guardo lei attonito e innamorato, penso che "stupefacente" adesso ha un altro significato, come quando arrivi presto in spiaggia e ridi.
Come quando trovi il tuo ombrellone preferito in prima fila libero e ti sdrai al sole.

Io e lei.
41 + 16 = 57
Ma qual è l'età giusta?
Tutte.

MAI COME VOI

Fuggono rapide le nuvole frammentate di certi giorni,
sfumano come sbuffi di zucchero filato e vapori all'aria.

Troppi incapaci al volante,
troppi topi al potere,
il servizio pubblico fa vomitare.

Propaganda, politica, salotti,
Adinolfi candidato sindaco di Roma.
Ma come si fa?

Non giriamoci intorno,
non siete evoluti abbastanza per le vostre ambizioni, per le vostre poltrone, per il vostro potere.

Predicate solo milioni di sillabe balbuzienti, anonime, fluttuanti e vuote.

Incatenate l'imbarazzo per sbarazzarvene come un cadavere e vendete carne e anima per regalare al popolo il vostro vizioso marcio esempio, il gozzoviglio.

Il valore non varrà più nulla.
Collasseremo tutti come spompati pellicani impregnati nel catrame.

Di nuovo un eco disastro ambientale,
ma le società responsabili pagheranno tutto non vi agitate.

Di quale fuga di gas parlavate?
Tonnellate di petrolio nel golfo del Messico?
Ma quando?
Tutto risolto sereni,
basta non raggiungere il quorum.

Il fetore nauseabondo dei cadaveri verrà fuori solo tra qualche anno,
tra un giro di cannuccia del vostro Martini e l'ennesima prova del cuoco in televisione.

Cardinale scusi,
ma è vero che la vera povertà consiste nella perdita dell'autonomia e nella tossicodipendenza da consumismo?
Lo sosteneva Serge Latouche,
quel simpatico economista francese che era anche filosofo,
Voi di certo, approvate?

Stralci di finto entusiasmo e notti brave,
come ti senti oggi?
Solo, vero?
Alla fine tutto è sembrato fuorviante,
il disagio è certo e gli uomini si sono arresi.

Perché non lo abbiamo capito subito?
Perché siamo andati via?
Ci siamo voluti bene un tempo, mentre ora la paura è di rompere il cristallo che racchiude il segreto, il segreto di non sentire più niente, niente di più di quanto avremmo potuto salvare.

Fateci respirare aria pulita e moriremo in pace,
non voglio far parte di altro che di questo non suono,

non ne voglio nemmeno il ricordo,
non sarò mai come voi.

SE FOSSI SINDACO

Cancellerei ogni sopruso, sconfiggerei ogni tipo di prevaricazione.
Tutto profumerebbe di pulito.
Ho virilità da vendere!
Credetemi, votate me!
L'Italia è quella che continua a prendere a calci chi sta già a terra e muore.
La verità è che non siamo evoluti abbastanza.
Non siamo in grado di sostenere il confronto, non siamo in grado di aprire le braccia.
Facciamo gestacci in parlamento, figuriamoci se sapremmo gestire il nucleare.
Lasciamo perdere.
Facciamo passare un po' di anni. Aspettiamo l'evoluzione della specie.
Sex and the vatican, il senato della repubblica, le parolacce, le lobbies.
Ma dov'è la folla?
Dove sono le forche ed i bastoni?
Bruciamo le streghe anche se in cinta, innalziamo cori di morte; facciamoci coraggio, accendiamo le fiaccole.
Tutti qui che litigano e si azzuffano,
stanno lavorando per noi,
stanno elaborando la soluzione, a proposito,
anche voi vi mascherate?
Credetemi, votate me!
Spartiamoci la torta, sporchiamoci le mani, difendiamo la posizione, piantiamo la bandiera.
Pianifichiamo il futuro.

"Questi gran cazzi" è la password,
almeno fino a quando ci fa comodo, prima o poi tanto la cambieremo.
È quello che preferisco,
il sabato a letto mentre fuori diluvia.
Sì ma non reagisco, sto fermo, ho il cervello tumefatto e mi sento l'occhio pesto.
Colpa del festino del venerdì sera,
che c'entra il vino?
La carne la porto io, tu fai le patate.
Ma un buon rosso lo abbiamo?
Perfetto.
Questa storia non può continuare, devi contribuire.
Siamo i contribuenti.
Paghiamo le tasse.
Mangiamoci gli strozzapreti col ragù, poi inseriamo il tuo annuncio.
Credetemi, votate me!
Ho sempre odiato i centri commerciali.
Non trovo mai niente, neanche la macchina parcheggiata al livello verde B5 piano -2.
No, non vengo.
È la mia risposta definitiva, l'accendiamo.
Quindi?
Quindi niente, oggi è un sabato di quelli.
Di quelli come?
Di quelli belli!
Come me.

IL RESTO

Finalmente quella sostenibile e bramata leggerezza di una
mezza età a tratti più umana.
Pochi attimi e riesci quasi a distinguere ciò che ti separa dalla
materia di cui sei composto.
La sabbia è fredda, e sotto i piedi la senti di nuovo piacevole.
Di chi sono le voci che dai muri senti ogni notte?
A volte si è così lontani da quel che si ha dentro, che è come
se parlassi in una lingua che non comprendi per poi scrivere
di disincantate illusioni che non riconosci.
Di tutto ho catturato l'epicentro,
ne ho modificato il senso e ne ho tirato in ballo la parte
peggiore e più affascinante.
Trovatemi un urlo al quale unirmi e rimarrò in silenzio.
Rimango attonito,
stupido e violentato dalla mia stessa risata.
È vero.
Il disincanto mi attrae quanto rimanere mero spettatore di
tutto ciò che rimane,
che è il resto,
e che potrebbe non accadere.

COSÌ CHE MUORE

Così che muore,
muore il muschio che hai colto e che profumava di terra,
muore l'entusiasmo che hai protetto per uscirne incolume,
muore la voglia di essere migliore.

È uno squarcio troppo esteso per sentirsi al sicuro,
e l'ondata travolgente, violenta.

Strattona anche me nell'abisso di quel sorriso dolce,
traghettami al riparo da questo vento incapace.

Sarà allora quiete e infinito.
Infinito e polvere di una luce immensa.

DIVERSAMENTE INCANTEVOLE

Niente di palpabile,
nessun ricordo al momento,
solo illusioni ed alibi imperfetti,
zolle di terra e pietre che rotolano, tra stretti corridoi e gelati artigianali.
Ci pensi, mentre i vuoti attendono di essere riempiti;
nessuno può immaginare cosa ci sia dopo,
i nostalgici, bui, luoghi impaginati tra le solite ansie,
e i vezzi delle nostre nuove paure.
È lì che rimane e vedi tutto, diversamente incantevole.
L'ago si infila sotto la pelle e senti il dolore penetrare,
la vista sprofonda in una nebbia di consuetudini e sensazioni a tratti piacevoli.
Premi forte qui, per favore.
Rilassati.
Gli occhi sono appiccicati e lacrimano semichiusi;
le macchie di sangue le avevamo immaginate tutti.
Hai mai provato le radiazioni?
Loro sì che sanno leggerti dentro, ma veramente vuoi saperlo?
Veramente vuoi sapere chi sei?
Allora devi saperlo percorrere tutto il tuo tunnel,
fino alla fine, fino alla luce.
Ora è buio, fa freddo,
sulle pareti è meglio non posare le mani.
Odo voci che non riconosco, il mio corpo lo percepisco lunghissimo, disteso e immobile.
Qualcuno ride, mi pare.
Nessun odore.
Si muore con un soffio di vento, con un battito d'ali,
senza fumare.

Si muore e basta,
a volte.
Intanto penso che l'educazione civica dovrebbe essere la materia più importante nelle scuole,
ma non c'è nessuno che in fondo lo voglia veramente.
Intravedo sagome che mutano colore e sento amplificato il rumore di un qualche liquido che mi invade.
La tempia pulsa, le ombre cambiano posizione continuamente.
Magari ci fossero ancora i miei nonni e quei pomeriggi di primavera ovattati.
Domani sicuramente non andrò a scuola;
i miei amici giocano giù in strada;
li sento, mi stanno chiamando;
scendo le scale di corsa.
Ma quanti anni restano veramente?
Ora però dormo, ho sonno,
non andatevene vi prego, rimanete vicino.
Non voglio svegliarmi,
non ancora,
l'effetto non è ancora svanito.
Devo assolutamente curare questo mio piacevole stato di incoscienza.
Se torno lì fuori adesso, rischierò di perdermi ancora.
Voglio riuscire a trovarmi.
Sento una voce e un brivido mi sale dritto su per la schiena.
Mi stanno strattonando per risalire, vedo sprazzi di luce, è il mio respiro, volti.
Qualcuno mi tiene la mano, la riconosco.
Sono fuori, disidratato.
Sento di nuovo la mia pelle.
La nebbia si dirada, ma non ho fatto nulla perché tutto ciò accadesse.
- Infermiere, un'altra endovena qui presto, si sta svegliando!

CHIRURGIA VERTEBRALE

Che bello,
una domenica al pascolo.
Una bella domenica al pascolo tra le accoglienti mura domestiche e le inconcludenti terapie sul dolore.
Fuori c'è il sole,
si sta bene dicono.
Tra poco esce l'infermiera dalla porta accanto.
Può capitare,
può esserci una variante in corso d'opera.
Smontano l'Expo.
È stata una gran bella fiera da non vedere.
Il pianeta piange e continuerà a piangere.
Ma abbiamo fatto una splendida figura, lo dice il tg.
Certo non io,
che ho pascolato grasso tutto il giorno.
Ora boccheggio e rutto dentro come un maiale.
Calzo vecchie pantofole e mi gratto i cerotti nella schiena;
ho un grosso coltello da cucina per infilzare tutti i miei fantasmi.
La terapia praticata è un artrodesi peduncolare L4-L5 percutanea.
Ho trenta grappe metalliche che mi ricuciono la carne e
monto viti al carbonio nella colonna lombosacrale.
L'ho fatto per Halloween.
In compenso prendo solo analgesici oppioidi.
Sono per il trattamento al dolore severo.
Ora però ho smesso.
Troppi "tvb" che non significano un cazzo.
È materia di chirurgia vertebrale.
Sciogliete il bandolo,
poi mi direte.

TRA NOI CI SONO SPLENDIDI ANGELI

Ognuno ha il suo angelo,
ognuno ha la sua testa e la propria intelligenza.
Tutti possiamo crederci o rifiutare;
le scelte sono sempre avide di interessi e come le armi,
cariche di pregiudizi e pronte a sparare.
Tra noi ci sono degli splendidi angeli, lo sapevate?
Attenzione a non trattarla male la spontaneità,
potrebbe essere una trappola.
Sarebbe come una fetta biscottata che si rompe al tatto.
Potrebbero esserci delle conseguenze.
Potrebbero formarsi crepe sui muri e grovigli nell'anima.
Li ho sempre immaginati in una sala cinematografica vuota,
dove sei tu l'unico spettatore e sullo schermo, un vecchio
proiettore ripropone le scene della tua vita che hanno
coinvolto le persone che avevi accanto e che si fidavano.
Ad ogni bassezza commessa, ad ogni bugia nascosta, ti
accorgi che la persona alla quale hai fatto il torto la riconosci
nella penombra ed è lì, che siede a qualche fila di distanza e si
volta a guardare.
La sua espressione è il tuo peccato,
ne percepisci il peso,
ne capisci l'importanza,
ne senti il dolore.
Vorresti distoglierti ma non puoi,
è il tuo esame.
Anneghi ora tra la riconosciuta vergogna e le lacrime
strozzate dalla merda che hai seppellito.
Ce l'hai nella gola e fino allo stomaco,
è la resa delle condanne,

è la revisione dell'anima.
Ognuno ha il suo angelo,
il suo Cristo,
il suo mercante di sogni,
la sua moneta.
Come preferisce pagare, signore?
L'ingenuità di uno sguardo,
la dolcezza di un sorriso, il calore di un abbraccio, te lo da chi non sa di darti tanto.
Chi ti riempie l'anima non se ne fa accorgere.
Non puoi percepire quello che hai rifiutato perché non ti è concesso.
Chi ti da non chiede,
chi ti riempie è perché gli hai aperto il cuore,
come una fetta biscottata spezzata la mattina presto,
buona lo stesso,
imperfetta.
Anche i nostri angeli lo sono.
A loro è stato affidato un compito che non conoscono,
quello di testare la nostra capacità a fare del bene;
sono catalizzatori di amore,
di energie buone,
di vivace entusiasmo;
attraverso loro qualcuno osserva;
sono il nostro esame,
sono la prova terrena che esiste qualcosa di puro, di spontaneo, di immortale,
creato ad immagine e somiglianza di un volere inimmaginabilmente immenso.
Tra noi ci sono degli splendidi angeli.

METAMORFOSI

C'è qualcosa che non va in questo tempo che passa.
È l'approssimazione.

Niente di definito,
l'aria resta pesante,
gli odori di cucina si diffondono ovunque.

L'immaginario artefatto della mia coscienza sta di nuovo
mutando.

Ma è solo una domenica pomeriggio di un tempo che passa,
mentre si rimane consapevolmente immobili.

IKARIA

Fermo agli anni '70. Dove? Ad Ikaria, un'isola greca, un'isola che non c'è, un non luogo a parte, un'idea, un concetto, una dichiarazione di appartenenza ad un'anarchia condivisa, voluta, non per fare le rivoluzioni ed incendiare bidoni della spazzatura, ma per starsene tranquilli, lontani, senza il tempo e la fretta che ti opprime, per conoscere cosa voglia dire vivere tra la natura, la gente, le penniche, il buon cibo e il mistico riconciliatore, ottimo vino locale.
Non a caso la gente qui è la più longeva d'Europa, chissà perché.
Dal web, un articolo del Corriere della Sera:

"Un'isoletta greca nell'Egeo di circa 10 mila abitanti dove l'aria è buona. Le strade un continuo sali-scendi. Le case bianche e basse. Ikarìa è anche una «blue zone». Non per il colore del mare. Ma perché gli abitanti superano con facilità il secolo di vita. «Abbiamo semplicemente dimenticato di morire», racconta una donna di 101 anni a Dan Buettner, giornalista scientifico che si occupa da tempo di longevità. Di «zone blu», nel mondo, ce ne sono poche. Una si trova nell'Ogliastra, in Sardegna. Altre aree sono l'isola di Okinawa, in Giappone, la penisola di Nicoya, in Nicaragua, Loma Linda, in California.

Il termine si deve all'italiano Gianni Pes e al belga Michel Poulain quando nel 2000, studiando la longevità nell'Ogliastra, usavano un pennarello blu per segnare le aree ad alta concentrazione di centenari".

Il New York Times aveva raccontato la storia di Stamatis Moraitis, un veterano di guerra greco che viveva negli Stati Uniti. A Stamatis nel 1976 era stato diagnosticato un cancro ai polmoni e gli erano stati dati 9 mesi di vita. Lui, invece di sottoporsi alla chemioterapia in America, ha deciso di tornare nella sua Ikarìa, e dopo tre decenni, all'età di 97 anni, stava ancora coltivando il suo orto:

"A novantasette anni Stamatis Moraitis è ancora lì, a lavorare l'orto dietro casa. A coltivare frutta e verdura. A farsi la sua pennichella pomeridiana. A ritrovarsi con gli amici, vecchietti arzilli pure loro, per giocare. Nel 1976, a Stamatis Moraitis, negli Usa, avevano diagnosticato un cancro ai polmoni.
«I medici mi avevano dato al massimo nove mesi di vita», racconta lui al magazine del New York Times.
«Ma io sono ancora qui. Loro, i dottori, sono tutti morti»"

Lo studio:

"I ricercatori hanno controllato la sorte dei nati di Ikarìa tra il 1900 e il 1920. Poi hanno analizzato le cause di morte. Infine hanno trascorso settimane con gli anziani. Scoprendo che gli over 90enni sono più del doppio della media nazionale, che sono meno depressi e presentano tassi di demenza senile ridotti. «Tra le cause di morte, a Ikarìa come nell'Ogliastra – spiega il ricercatore italiano – le malattie cardiovascolari sono all'ultimo posto. Il contrario di quello che succede in Occidente».

La mancanza di stress, poi, sembra essere un altro dei fattori che aiutano a raggiungere i cent'anni di vita. «Facciamo sempre la pennichella», ha raccontato Ilias Leriadis, medico del posto. «Eppoi qui il tempo non ha importanza».

***

"Qui il tempo non ha importanza..!"

Ma che bello, proprio quello che andavo cercando dopo mesi di stress e raggiri mentali! Ma dove lo trovi un posto così? Discoteche e locali chic non ce ne sono, i radical chic neppure ci sono, c'è però un'amaca vista mare che irrompe sulla scogliera, c'è un cottage in legno con il pavimento in pietra e un letto pulito col baldacchino. C'è spazio, c'è aria, ci sono le zanzariere a prova di vespe di montagna, c'è la spiaggia dei surfisti e quelle dei nudisti, le feste nei paesi e i Panighiri segreti dove la comunità si ritrova; c'è Nick the Greek che coltiva tomatoes, potatoes e vegetables dice e ci invita al battesimo locale dove puoi pure partecipare in pigiama o improvvisarti con le culotte. L'importante è bere, mangiare, stare insieme e danzare tutti uniti in una spirale a ritmo di musica locale con chitarre, mandolini, fisarmoniche e violini.

Mai farsi bruciare una frittata nelle campagne di Ikarìa, le vespe killer dell'isola sono alquanto incazzose. Il Wi-Fi sta fuori, sotto il banano, vicino al dondolo del patio comune, regno dei governanti Pascali e Marian e del venerato barbecue, dove ti invitano una volta a settimana e ti fanno sfondare di carne o pesce, dipende.
È chiaro, il nostro processo di inselvatichimento è cominciato, mentre Bi e Vi continuano ad ordinare formaggio locale ad ogni pasto e si trasformano nelle cugine Feta, io divento Daniel the Greek, selvaggio quanto basta.
Ma pensa, un giorno sei lì, indissolubilmente compromesso dalla città trappola nella quale vivi e poi sei qui, dove il tempo

non ha importanza, dove puoi perderti tra gli sterrati di montagna con il tuo fuoristrada o magari con una Yamaha enduro anni '80, dalla marmitta modificata e gli inserti in pelle sul serbatoio, senza casco ovviamente, e poi sentire le cicale fuori di giorno e le tarme del legno dentro casa la notte.

crr .. crr .. crr ..
crr .. crr .. crr ..

Aprire gli occhi ed alzare le mani verso il soffitto per salutare le tarme è il nostro rito propiziatorio.
- Buongiorno tarme!
La colazione con i prodotti locali è sacra, con i fichi colti al lato della strada ed il caffè greco preparato da Feta Senior, dopo il tutorial su internet.
Apriamo la mappa dell'isola.

Siamo ad "Ikaria, luogo natale di Dioniso,
del vino e della sacra ebbrezza,
con l'albero di fico come simbolo di rinascita e fecondità."

Ikaro ci si è sfracellato!

- Quindi? Oggi dove andiamo? Ricordiamoci che 'sta sera c'è il Panighiri a Tragostassi.

Paesaggi mutevoli, l'odore di selvatico, il blu del mare.
I caproni Ikaríoti, detti in greco aìges e che in inglese si chiamano goats, stanno su tutti i menù delle taverne dell'isola e da vivi invece, si arrampicano diffidenti.
Anche quando fai snorkeling pinneggiando lungo la costa rocciosa e poi ti fermi a spannare la maschera li puoi vedere.
I goats in controluce appaiono minacciosi e pronti a tuffarsi

per prenderti a cornate.
Sembrano demoni, ma magari sono solo gli antenati dell'isola, i guardiani che regolano il processo biologico del tempo. Da vincere il Nobel!

Dal web, 07 ottobre 2017 Maurizio Bifulco, sempre per il Corriere della Sera scrive:

Come ogni anno, in questo periodo, si ripete il rito dell'assegnazione dei premi Nobel, atteso con curiosità da tutto il mondo. L'ambito premio per la Medicina e la Fisiologia di quest'anno è andato a Jeffrey C. Hall, Michael Rosbash e Michael W. Young, tre ricercatori statunitensi per "le loro scoperte sui meccanismi molecolari che controllano il ritmo circadiano", in parole semplici il ritmo quotidiano della vita di tutti gli organismi, dalle piante agli animali, dai più semplici ai più evoluti. «I ritmi circadiani controllano una gran parte delle nostre funzioni biologiche, dal ritmo sonno-veglia ai cicli della nutrizione e del metabolismo, quindi — come afferma Paolo Sassoni-Corsi, direttore del centro di epigenetica e metabolismo dell'University of California a Irvine nonché uno dei massimi esperti mondiali di ritmi circadiani — nulla di più appropriato per un Nobel per la Medicina».

I primi studi oggetto della fondamentale scoperta sono iniziati negli anni '80 e hanno permesso di dimostrare come nel nostro organismo e di quello di tutti gli esseri viventi vi sia un orologio interno, le cui lancette sono spinte da sofisticati ingranaggi molecolari, che scandisce i ritmi attraverso cui si svolgono le principali funzionalità fisiologiche quali alimentazione, sonno, attività metaboliche, produzione di ormoni e regolazione della pressione sanguigna. L'importanza dei ritmi circadiani è tale che qualora essi siano alterati si verificano dei disturbi, quali quelli che spesso subiamo ai cambi di stagione, o delle vere e proprie patologie come quelle in cui i normali cicli sonno-veglia sono alterati, ma anche patologie estremamente diffuse quali diabete, obesità e alcune forme di cancro. Infatti, se prendiamo in considerazione i tumori, l'orologio biologico che regola la normale funzionalità cellulare risulta compromesso e quindi può essere un nuovo bersaglio farmacologico per la terapia antitumorale.

***

Ma sì d'accordo, il gene che sgancia le proteine durante il giorno e regola le fasi.
Ma qui ad Ikarìa lo sanno tutti da anni, dai!
È dai tempi dei pirati che gli isolani si difendono facendo credere che l'isola fosse disabitata! Costruivano le case nella pietra spalle al mare e pure i comignoli dove usciva il fumo dei caminetti erano laterali ai muri e non sul tetto.
Dormivano di giorno e riposavano la notte e così facendo per anni, i locali hanno rimodulato le abitudini, dirottato il ritmo circadiano, invertito le fasi prendendo per il culo il tempo, il metabolismo, le malattie, Barbanera e i suoi compari pirati, vivendo sani e vigorosi fino ai nostri giorni, danzando nelle magiche spirali a conferma che sei parte ancora parte della comunità, ed intendi rimanerci più a lungo possibile.

Ma basta.
Andiamo a vedere la spiaggia dei surfisti che ci spariamo due onde.
Le ragazze sono tutte antipatiche ma non Isidoros e i suoi compari.

- Ce l'abbiamo la scheda della GoPro?
L'anziano del ferramenta a Christos non ha mai visto una moka, incredibile, non ci crediamo!
Insisto con la foto sullo smartphone ma niente!
Buio completo!
- Ohi guarda chi c'è ancora?! Trecento Carocci.
- Ma perché Trecento Carocci? Insiste cugina Feta J.
- Lascia stare, fermiamoci qui che compriamo i prodotti locali per la colazione, così campiamo cent'anni anche noi.
Bello rientrare in camera e trovare il manichino decapitato sul letto o impiccato sulla trave del soffitto, preparato ad arte da chi ci rifà i letti, con la parrucca e gli occhiali da sole.
Più che altro ti inquietano, specie se hai appena incrociato Pascali e Marian fermi sul lato della strada, intorno alle due di notte, dentro la macchina con la lucina accesa.
Chissà cosa ci facevano; forse si liberavano del cadavere di qualcuno che non avevano potuto cuocere alla griglia o magari stavano per sotterrare i resti di quella simpatica coppietta di Barcelona indigesta. Forse la nostra carbonara Rummo portata dall'Italia li ha distolti. Un figurone.
Forse questa notte ci uccidono.
Ecco perchè ci fanno mangiare tanto, per farci ingrassare!
Magari dovevano solo dare l'acqua alla loro marijuana ikariota di lunga vita. L'odore viene dalla lavanderia. Sicuramente è biologica pure quella! Il vecchio furgoncino Vokswagen è testimone.

crr .. crr .. crr ..
crr .. crr .. crr ..

- Cazzo!
- Cazzo! E ancora cazzo!
- Nel wc non si butta la carta igienica!

Le tubazioni degli scarichi sono troppo piccole e le sezioni mal dimensionate.
Si rischia di far allagare tutto e poi che facciamo?
Eppure ce lo avevano detto! Si erano tanto raccomandati!
E noi niente, tutti lì a fare finta di ubbidire e invece niente!
Ci si incrociava con le cugine Feta nei pressi del bagno con quell'aria innocente!
Col cavolo innocente!
Sapevamo di aver commesso il fattaccio, ma svagavamo.
È che la forza dell'abitudine è traditrice.
- Ecco appunto, scusate!
- Siamo mortificati davvero!
- Non ci ucciderete vero?
- Ok dai!
- Scusate, siamo davvero tre goats, desolati!
- Meglio andarcene al Panighiri di pesce, su!
- Ok, ciao!

Ancora mi chiedo come ho potuto intavolare una discussione politica sulla crisi economica con un avvocato turco e dei commensali greci.
Merito del vino di Ikaria che come traduttore è meglio di Google.
- Che buona 'sta frittura, Cristo di un Poseidone!
- Una mantide religiosa sul bicchiere, è bellissima!
- Un gufetto in mezzo alla strada!
- Spostati gufetto!
- Pa' .. !?
- Cosa c'è tesoro?
- Ho visto un serpente!
Dove?
- Era lì!
- Lì dove? Quando? Che serpente?

- Pa' era un serpente!
- Ma che colore aveva, che forma, descrivimelo cavolo no!?
- Pa' ma era un serpente, ma che ne so io, ma che mi frega!
- Come che ti frega?
- Pa' Oddio era un serpente!
- Sì vabbè ma dai argomenta un po' no? Si fa per parlare!
- Pa' era un serpente e stava lì! Poi è andato via!

Feta junior ha da pochi giorni compiuto diciotto anni, ed è davvero acidissima!
Vuole sempre scappare sotto il banano dove c'è il wi-fi a chattare su WhatsApp!
Sta sempre a cantare quella canzone che "se non mi ami faccio un casino"..!
Risponde male se non le prepari i panini con la Feta come dice lei!
Risponde male se le prepari i panini con la Feta come dice lei!
Risponde male se vuoi farle le foto con i capelli sciolti!
Risponde male se vuoi farle le foto coi capelli legati!
Risponde male se vuoi farle le foto!
Risponde male se non vuoi farle le foto!
Risponde male ovunque, specie dal dietro della Jeep, non so perché.
Per questo questa notte ho parlato con il geco, guardiano della zona notte in alto del cottage, regno delle mutande e dei vestiti sulla balconata sparsi ovunque da Feta Junior!
Lui pure ha un figliolo, fa il quarto geco e deve andare in quinto geco!
Anche lui ha letto quella lettera che si trova sui social, sì, quella della fune:

"Caro Genitore,

Questa è la lettera che vorrei poterti scrivere.
Questo conflitto in cui siamo, ora. Ne ho bisogno. Ho bisogno di questa lotta. Non te lo posso dire perché non ho il lessico per farlo e comunque non avrebbe senso quello che direi. Ma ho bisogno di questa lotta. Disperatamente. Ho bisogno di odiarti ora, e ho bisogno che tu sopravviva a questo odio. Ho bisogno che tu sopravviva al mio odiare te, e al tuo odiare me. Ho bisogno di questo conflitto anche se pure io lo detesto. Non importa neanche su cosa stiamo litigando: l'ora di rientro a casa, i compiti, i panni sporchi, la mia stanza incasinata, uscire, restare a casa, andare via di casa, vivere in famiglia, ragazzo, ragazza, non avere amici, avere cattivi amici. Non importa. Ho bisogno di lottare con te su queste cose e ho bisogno che tu lo faccia con me.
Ho disperatamente bisogno che tu mantenga l'altro capo della corda. Che ti ci aggrappi forte mentre io strattono il capo dalla mia parte, mentre cerco di trovare appigli per vivere questo mondo nuovo cui sento di affacciarmi. Prima sapevo chi fossi io, chi fossi tu, chi fossimo noi. Ma ora, non lo so più. In questo momento sto cercando i miei confini, e a volte riesco a trovarli solo quando tiro questa fune. Quando spingo tutto quello che conoscevo al suo limite. Allora io mi sento di esistere, e per un minuto riesco a respirare. E lo so che ti manca tantissimo il bambino dolce che ero.
Lo so, perché manca anche a me quel bambino, e a volte questa nostalgia è quello che rende tutto doloroso per me al momento.
Ho bisogno di questa lotta e ho bisogno di vedere che, non importa quanto tremendi o esagerati i miei sentimenti siano, non distruggeranno me, né te. Ho bisogno che tu mi ami anche quando sono pessimo, anche quando sembra che io non ti ami. Ho bisogno che tu ami te stesso, e me, che tu ci ami entrambi e per conto di tutti e due. Lo so che fa male

essere antipatici, avere etichette di quello marcio. Anche io provo la stessa cosa dentro, ma ho bisogno che tu lo tolleri, e che ti faccia aiutare da altri adulti per farlo. Perché io non posso in questo momento. Se vuoi stare insieme ai tuoi amici adulti e fare un "gruppo-di-mutuo-supporto-per-sopravvivere-al-tuo-adolescente", fa' pure. O parlare di me alle mie spalle, non ho problemi. Basta che non rinunci a me, che non rinunci a questo conflitto. Ne ho bisogno.

Questo è il conflitto che mi insegnerà che la mia ombra non è più grande della mia luce. Questo è il conflitto che mi insegnerà che i sentimenti negativi non significano la fine di una relazione. Questo è il conflitto che mi insegnerà come ascoltare me stesso, anche quando sono una delusione per gli altri.

E questo conflitto particolare, finirà. Come ogni tempesta, sarà spazzata via. E io dimenticherò, e tu dimenticherai. E poi tornerà da capo. E io avrò bisogno che tu regga la corda di nuovo. Di nuovo e di nuovo, per anni.

Lo so che non c'è nulla di intrinsecamente soddisfacente in questa situazione per te. Lo so che probabilmente non ti ringrazierò mai per questo, o neanche te ne darò credito. Anzi probabilmente ti criticherò per tutto questo duro lavoro. Sembrerà che niente che tu faccia sia mai abbastanza. Eppure, io faccio affidamento interamente sulla tua capacità di restare in questo conflitto. Non importa quanto io polemizzi, non importa quanto io mi lamenti. Non importa quanto mi chiuda in silenzio.

Per favore, resta dall'altro capo della fune. E lo so che stai facendo il lavoro più importante che qualcuno possa mai fare per me in questo momento.

Con amore, il tuo teenager.

(Gretchen L Schmelzer, psicologa e scrittrice statunitense)

Nulla da aggiungere. Reggere le strattonate di questa fune adolescenziale è compito arduo e struggente a volte.
Ma sapere che sei tu a tenerla ti fa sentire fiero e grande.
Un dovere implicito di questo tempo e di questa età difficile, così tanto complicata, così tanto bella.

***

- Sentite... zitti .. zitti un po'... ma che è 'sto rumore?

crr .. crr .. crr ..
- Tranquilli sono le tarme del legno;

crr .. crr .. crr ..
- Sicuri?

crr .. crr .. crr ..
- Credo!

- Vabè 'notte

***

- Guardate un po' chi c'è?!
- Trecento carocci!
- Ma che fa, ci segue?
- Che tipo!
- Guardate come si squadra i muscolacci tarchiati in riva al mare!
- Secondo me è greco!
- Ma sicuro!
- Pa'.., ma perchè Trecento Carocci?

- Perché somiglia di faccia a Carocci, il cantautore di Artena e per il resto a Leonida, lo spartano di "300", solo che è più basso e tozzo, e sta sempre a guardarsi i pettorali e i tricipiti.

C'è pure la biondina tatuata che non ride mai e suo cugino col panzone, trippone Carocci, fenomeno locale delle panoramiche a 360 gradi.
Si arrampica e si piazza su ogni scoglio che raggiunge a piedi nudi per immortalare, tramite torsioni lente e aerobiche, il panorama da destra a sinistra e da sinistra a destra, col ghigno beffardo da cultore di Instagram.
- Mangiamo le patatine pa'?
- Sì, ma prendi le birre, voglio finirmi il libro, "Diario di Scuola", di D. Pennac, riflessioni di un ex somaro!
- Ok, leggi a voce alta!

"Insomma, diventiamo.
Ma non cambiamo granché. Ci arrangiamo con quello che siamo.
Ed ecco che alla fine di questa seconda parte sono assalito dai dubbi. Dubbi sulla necessità di scrivere questo libro, dubbi sulle mie capacità di scrivere, dubbi su me stesso, semplicemente, dubbi che ben presto produrranno considerazioni ironiche sulla totalità del mio lavoro, o addirittura sulla mia intera vita... Proliferazione di dubbi... Queste crisi sono frequenti. Benché siano un'eredità della mia somaraggine non riesco ad abituarmici. Quando siamo in preda ai dubbi è sempre la prima volta e io ho il dubbio devastante. Mi spinge verso la mia china naturale. Resisto, ma giorno dopo giorno torno ad essere il cattivo studente che tento di descrivere. I sintomi sono rigorosamente gli stessi dei miei tredici anni: testa fra le nuvole, procrastinazione, dispersione, ipocondria, nervosismo, dilettazione morosa,

sbalzi d'umore, lamenti e, per finire, paralisi davanti lo schermo del computer, come un tempo di fronte all'esercizio da fare, all'interrogazione da preparare... Eccomi qua, ridacchia il somaro che fui.
Alzo gli occhi. Il mio sguardo vaga (…). Non una casa all'orizzonte. Né una strada. Né un individuo. Campi pietrosi bordati da montagne rase dove qua e là spuntano boschetti di faggi come silenziosi pennacchi. Su tutto questo vuoto si apre minaccioso un cielo immenso. Dio come mi piace questo paesaggio! In fondo, una delle mie grandi gioie è stata concedermi questo esilio che da bambino imploravo ai miei genitori.. Questo orizzonte all'interno del quale nessuno deve rendere conto a nessuno."

Siamo ad Armenistis beach. Resto immobile e disteso sulla sabbia. Con stupore sento di fare da cassa di risonanza a queste parole che sembrano scritte per l'occasione, tra quello che provo ad essere e quello che vorrei diventare, slanci di ironia parallela per trasmettere e condividere con chi amo ogni errore o intuizione, mentre la brezza del tramonto si fa sentire, mentre guardi tua figlia in controluce dentro un riflesso rosso del mare su una tavola, "che diventa", che ride e prende lezioni di surf.

crr .. crr .. crr ..
crr .. crr .. crr ..

***

La spiaggia di St. George se indovini la giornata e la corrente favorevole è davvero un paradiso e il mare un acquario. Parcheggi in alto, nei pressi della torre e poi cominci il sentiero scosceso tra i rovi, passando per la chiesina

omonima.
Il vento è leggero e potente, spazza via il tempo, ogni dimensione, la tua percezione.
Adoro tutto questo.
- Ragazze, facciamoci un filmino con la GoPro, tanto la nostra Suzuki Jimny non frena più! È scoppiato l'impianto idraulico dei freni e la ruota anteriore sinistra è piena d'olio.
- Vabè ma che ci frega, ora torniamo pian pianino e la cambiamo.
- Facciamoci un pranzetto tra i vicoli di Agios Kirykos intanto, che vuoi che sia?
- Ricordate? Qui il tempo non ha importanza e qualsiasi cosa ti capiti, hai tutto il tempo necessario.

Dove Ikaro è precipitato dopo essersi avvicinato troppo al sole, hanno fatto un monumento di pietra e c'è una croce.
Il paesaggio è fuori dal tempo, lo sguardo ti finisce tra l'infinito blu del mare e non so cosa, poi quel vento, come una presenza costante che ti suggerisce di rimanere in silenzio e fare pace. Fare pace con tutto.
Sì vabbè ok, meno male però che santo pastore ci riporta in cima. Dopo la rottura del fuoristrada, scendere fino qui sotto con la Polo è stata un'impresa quasi come quella di Ikaro.
Benefiche terme calde, nel mare tra Xilosìrtis e Livadi, bella la strada di ritorno al tramonto, le trattorie tra le montagne e le valli, le pescherie sul mare, il traghetto rosso e blu delle 18:00 che sparisce all'orizzonte.

È difficile immaginare un'isola del genere. Possono essere anche le due di notte, non importa! Puoi incontrare un italiano gentile che con la moglie greca accanto e i loro tre o quattro ragazzini scalmanati, in piedi, sul retro del pick-up, ti indicano come proseguire e quale strada percorrere, poi di

seguirlo, senza fretta ovviamente.
Dopo mezz'ora di impervio fuoristrada nel bosco tra le montagne, nel buio della notte con i suoi rapaci, quando cominci a pensare a dove sei finito, ecco che il sentiero incrocia di nuovo un tratto di asfalto e cominci a vedere qualche casa, qualche lanterna.
Poi un minimarket aperto, con la cassiera che tira via l'acqua dal marciapiede.
- Aperto? Ma sono le due di notte!?
- No no, è proprio aperto, in questa zona le botteghe aprono alle 18:00 del pomeriggio, ora locale.
- Eh già, aprono tardi e chiudono la mattina presto.
- È Ikaria!
È notte fonda, la piazzetta del paesino sperduto sulle montagne pullula di gente. Ci sono le pasticcerie tipiche e i locali, le pizzerie, i ristoranti: sembra l'ora dell'aperitivo al Pigneto.
Surreale.
Il Panighiri poi devi trovarlo. Non ci sono le locandine nei paesi, devi essere "invitato", devi venirne a conoscenza con il passaparola.
Di solito sono posti sperduti tra le campagne, tenute agricole o casolari acchitati per le occasioni. Parcheggi per strada, poi ti avvii nella notte sotto il manto di stelle, seguendo la musica della danza Sirtaki che si sente al di la del bosco.
Eccoci. Un migliaio di persone in festa sperduti nel nulla. Luci, musica, banchetti di artigiani, mercatini, l'immancabile gruppo folkloristico in costume e file per mangiare il caprone ikariota; tavoli di legno stile sagra nostrana, allegria e fiumi; di vino, sì! Fiumi di vino ikariota.
Il nettare della casa più genuino e buono che potrete mai bere; il prossimo giro tocca a noi cugine Feta! Entriamo nella spirale abbracciati agli altri e diamoci dentro, magari vinciamo

anche la pesca nel pentolone. Ancora un altro brindisi. Finiamo la bottiglia. Non sai mai che ore sono. Adoro tutto questo!

Il vino di Ikaria era famoso sin dall'antichità, cantato da narratori e poeti, lo sapevate?
Quindi un'ultima tappa la facciamo nelle cantine di Afianès, dove puoi ubriacarti di nuovo, ovvio.

Dal web:
"La cantina Afianès è stata fondata nel 1997 dall'omonima famiglia nell'isola di Ikaria, in località Raches. Lo scopo dei fondatori era di riportare la vigna ed il vino di Ikaria al posto che storicamente gli spettava nel mondo vitivinicolo greco. Nel 2007 è stata inaugurata la nuova e moderna cantina, situata a mezza costa del monte Profeta Elia ad un'altitudine di 610m. ed immersa nel vigneto di proprietà, sempre in località Raches. Per numero delle bottiglie prodotte annualmente la cantina Afianès appartiene ai cosiddetti "piccoli produttori Massi ciclopici", disposti a formare un lungo "sedile" dove sono allocate le anfore e l'attiguo piccolo teatro, accolgono il visitatore e lo introducono al lavoro che viene svolto nella cantina; al mare Egeo e al suo blu spetta, invece, da far da sfondo alle degustazioni.
Due sono le varietà di uva che vengono coltivate e vinificate ed entrambe sono ormai autoctone: la varietà bianca "Begleri", con i suoi due cloni, di antica provenienza siriana e la rossa Fokianò, che l'isola di Ikaria condivide con altre isole dell'Egeo centrale. La cantina Afianès collabora con vari istituti di ricerca allo scopo di valorizzare il proprio terroir, dove per terroir si deve intendere non solo l'insieme

di terreno, varietà e clima, ma comprendere anche la significativa presenza di lieviti autoctoni. La ripresa della tradizionale ed antichissima pratica di vinificare in anfora fa parte di questo progetto generale di valorizzazione del territorio."

Rimane tutto così lontano da quest'isola. Una piacevole carezza, il giusto distacco, poi tutto il resto. La riconciliazione con il mondo e con te stesso continua a suonare dolcemente tra il blu del mare e le note del vento che accompagna ovunque ogni ricordo.
Adoro quando te ne vai con tanto addosso, quando rimangono marchiati i volti, i saluti e le amicizie di tutte le persone che hai incrociato, con le loro espressioni e le loro storie, con le loro risa e le loro facce.
Tutte belle.
Tutte semplicemente senza tempo.

***

Sentite... zitti .. zitti un po'... ma che è 'sto rumore?

crr .. crr .. crr ..
Tranquilli sono le tarme del legno;

crr .. crr .. crr ..
Sicuri?

crr .. crr .. crr ..
Sicuri!

Ma che ore sono?
Che importa?
Siamo ad Ikarìa, qui il tempo non ha importanza.

LA COSA PIÙ BRUTTA CHE PUOI FARE È DIMENTICARE

Se ripeti il nome di qualcosa, quel qualcosa si smaterializza e perde il significato che la tua mente da sempre ha imparato ad associare;
la svuoti dal contenuto, la perdi tra il suono della voce e il tuo cervello in pappa.
Comunque ne ho un ricordo vago, ma il senso è stato scritto a quel cazzo di semaforo.
Adoro le mie notti folli e tormentate in macchina, mentre guidi e osservi la città degli uomini.
Devo fermarmi a bere qualcosa.
Deve calare.
Dove?
Dove mi pare.
Cosa deve presupporre una domanda?
Che trovi risposte adeguate.
E quel rimprovero di tua madre, te lo ricordi?
Sono le ore che precedono la partenza a farti sentire invincibile.
Poi passa.
Le stragi continuano e tu non puoi farci niente.
I selfie continuano e tu non puoi farci niente.
L'ottusità è il male del millennio e tu non puoi farci niente, non ne puoi scappare, ne fai parte.
Vorresti vedere un film adesso, ma non danno niente che possa scuotere il tuo disinteresse globale, la tua pigrizia mentale.
È una globalizzazione statica.
È la globalizzazione del porco suicida.
Internet mobile dovrebbero vietarlo, spogliarlo della legalità

fino a 18 anni compiuti.
I ragazzi sarebbero connessi ad altro, magari solo al pavimento che calpestano.
Certe cose devi farle per forza, altre puoi imparare ad evitarle, ma non ne sei capace.
Puoi rimanere dietro un palo a spiare?
E davanti la televisione accesa a dormire fregandotene?
No, non puoi, ma lo fai.
Frasi, network, doppi sensi, social, persone perdute in una rete.
La rete dove si impiglia il porco suicida.
Lo sapevate?
La cosa più brutta che puoi fare è dimenticare.
In compenso ho trovato una vecchia macchina da scrivere, dove posso far finta di ricordare tutto.
Tutto, sempre che funzioni.

BEVI UNO SPRITZ E POI MUORI.

La curiosità uccide il gatto.
Meglio essere curiosi che stronzi.
Siamo tutti un po' trichechi.
Abbiamo tutti un lato oscuro.

È agosto inoltrato e sta facendo sera, Roma è deserta e bellissima, le strade respirano e tutto il resto ti entra dentro e ti parla, ti fa sentire bene, ti fa sentire in pace.
Finalmente tutto cammina alla giusta velocità, senza fretta, fa caldo, è agosto certo!
Ceniamo sulla terrazza del Lanificio a Pietralata poi in giro di notte in moto, con lei stretta dietro, e ce la guardiamo tutta Roma, con le sue vite e i suoi personaggi, con le sue paure, i suoi profughi.
Tra i vicoli di Campo De' Fiori in penombra, cammina tranquillo e rilassato un nano; è nero, di colore, lei non lo aveva mai visto prima sui sanpietrini bagnati illuminati dalla luce fioca del lampione.

La curiosità uccide il gatto.
Meglio essere curiosi che stronzi.
Siamo tutti un po' trichechi.
Abbiamo tutti un lato oscuro.

Ma è un ombra? No no è un nano nero, di colore nero nero.
Forse vive nei sotterranei, magari nelle fogne.., o forse è un attore. Guarda come è vestito? Che tipo.
Lasciarla adesso Roma è una vera sfortuna, anche se vai ai tropici, figuriamoci a Sabaudia.

C’è questo sole irriverente di giorno, ma poi molla la presa e a una certa, i colori si mescolano, staresti ore a guardare il tramonto sui tetti.
Accendo la mia Marlboro, rossa ovviamente, altrimenti che gusto c’è a farsi uccidere?

La curiosità uccide il gatto.
Meglio essere curiosi che stronzi.
Siamo tutti un po’ trichechi.
Abbiamo tutti un lato oscuro.

Serata Chili. Film in offerta a € 0,99, perfetto!
Fuori adesso piove.
“Tusk”! Un horror!
Cazzo ma non un horror con gli spiriti e le anime possedute, un horror horror, del tipo maniaci e motoseghe, sangue dappertutto e arti mutilati. Sì ma c’è anche un tricheco ricucito.
Mi sembra di aver visto Johnny Depp, no, non mi sembra, sono proprio sicuro, è lui!
Il maniaco canadese è inquietante e pure falso invalido.
Squilibrato vero, è stato salvato da un tricheco, poi però lo ha ucciso cibandosi della sua carne, ed ora pentito cattura esseri umani e li tramuta in trichechi con zanne e baffi veri.
“Fai sempre da sobrio quello che dici di fare quando sei sbronzo. Imparerai a tenere chiusa la bocca”
Lo diceva Ernest Hemingway, non so se è vero.

La curiosità uccide il gatto.
Meglio essere curiosi che stronzi.
Siamo tutti un po’ trichechi.
Abbiamo tutti un lato oscuro.

Fare la spesa non è più importante, l'importante è comprare tutto ciò che ti serve per fare gli spritz, arance comprese. Non ho mai bevuto in bicchieri più grandi, il dosaggio è eccessivo, non berrò più un Negroni per sei mesi. Non è vero.
"Noi siamo deliziose" è lo spettacolo teatrale al gay village, ed inizia proprio cosí:
"La curiosità uccide il gatto. Meglio essere curiosi che stronzi."
Donna intelligente la Luxuria, anche il vino rosè è transgender e va assolutamente rivalutato; il posto è carino, molto, come Art Director è davvero in gamba, la ricordo all'Alibi.
Biscotti durelli. I biscotti della zoccolaccia.
Demoni inferociti nel girone dantesco della techno senza magliette, uomini a metà tra il bene e il male.
Ignavi ovunque.
Ma sì balliamo, che ci frega!
Brave però le deejay, ed anche quel gruppetto spalla punk rock da Londra. Tutte donne al gay.. bene, molto bene! La cubista bionda è di sicuro un vampiro transgender.
Mandiamo un messaggio vocale a RadioRock; mandiamogli il verso del tricheco umano.
Ti porto in Cina e ti vendo al mercato di Hong Kong, sei un bel pezzo di carne. Ma no, ti tengo per me tanto tanto tanto.

La curiosità uccide il gatto.
Meglio essere curiosi che stronzi.
Siamo tutti un po' trichechi.
Abbiamo tutti un lato oscuro.

Ancora spritz, nuovo dosaggio, abbiamo preso le misure anche col ghiaccio.
Bevi lo spritz o muori, ti uccido.

Se non lo bevi vedrai che ti succede, ti cucio gli arti e ti porto in piscina all'Aquaniene nel quartiere Parioli a fare le prove di come deve nuotare un vero tricheco.
È stato un bellissimo week end horror, ed è ora che mi tagli la barba. Ma ce l'hai un rasoio?
Bevi uno spritz e poi muori.

La curiosità uccide il gatto.
Meglio essere curiosi che stronzi.
Abbiamo tutti un lato oscuro,
più o meno pronunciato.

NOIA

Che noia oggi,
proprio non mi sopporto.
Mi sento veramente brutto e vecchio.
Sono la brutta copia di una brutta persona,
sono vomitevole anche dopo essermi lavato per bene.
Allo specchio vedo uno psicopatico con la palpebra
tremolante, mi faccio paura.
Ho il terrore.
Vorrei vomitarmi nel cesso.
Ho deciso, mi unirò silenzioso nella melma.
Scendo nel mondo di sotto,
qui sopra c'è una noia mortale e poi non mi sento adeguato,
voglio trasformarmi semplicemente in vomito riprovevole e
puzzolente, e colare dai tombini.
Vediamo un po' che succede.
Mentre sistemo il cassetto,
giro per le fogne tra gli alligatori e nessuno sospetta, nessuno
mi vede;
penso se anche gli altri, dividano gli slip in categorie di serie
A, B e C come me.
Il fatto è che mi affeziono troppo anche alle mutande
vecchie,
proprio non ce la faccio a disfarmene.
Recito la parte del finto buono oggi, sono pericolosissimo.
Mi sembra che fuori ci sia la guerra, ed è vero.
Me ne frego.
Sento le sirene, la pioggia che cade, la gente che fugge,
non me ne importa.
Sono al sicuro qui,

sono liquame nero, infetto,
posso dileguarmi in maniera subdola,
posso confondermi, posso non esserci.
Le compagnie telefoniche continuano a rapinarmi,
il canone RAI nella bolletta dell'utenza dal 2016 mi fa
veramente incazzare!
Maledetti!
Intanto è uscito un nuovo iPhone, ecchecazzo!
Vi vedo in questa fogna,
ora mi nascondo e vi uccido tutti con esalazioni di vomito
mortali!
Discorsi brevi, come le passeggiate fuori a fumare.
Sì ma cosa cerco di dire?
Vorrei un cane.
Berrò un buon passito di Pantelleria, coi tozzetti casarecci e
davanti un bel film, stasera.
Sono in attesa di una serratura silenziosa nuova di zecca,
me la sono meritata!
Aprirà silenziosamente il varco e potrò finalmente assassinare
i malcapitati, qui sotto.
Apriti in due,
spaccati in quattro,
dividi per otto tanto è uguale.
Cosa cerchi di dire?
Gli spargisale stanno facendo la revisione e c'è ancora troppo
ghiaccio in questi pensieri;
i giochi d'acqua sono finiti da un pezzo.
Siamo pronti a sfangare?
No, non credo.
La sai gestire la rabbia?
Di cosa vuoi parlare ancora?
Tanto lo sappiamo come finisce.
Finisce che ho voglia di vederti e ti immagino ovunque.

Finisce che muoio all'idea.
Ho un'ossessione fisiologica in via di sperimentazione,
ma ne sono stato catturato.
L'esperimento è fallito.
Non va bene.
Che noia oggi, proprio non mi sopporto, mi sento veramente brutto e vecchio,
sono orribilmente appesantito da questa testa vuota.
Penso che finirò tra gli alligatori anche questa volta.
Penso che non mi perdonerai come allora.
Aprirò una parentesi tutta mia e felice di non esserci oggi, vi saluto.
Non fingetevi buoni,
non vi riesce.
Schedatemi pure come nauseante e vomitevole liquame killer dalle esalazioni mortali.
Scendo.
I social mi ricordano che il 16 ottobre del 1854 nasceva Oscar Wilde;
egli scrisse, che ciò che non abbiamo osato, abbiamo certamente perduto.
Tu ci credi?
Dai unisciti a me.
Odorami.
Fatti un tiro, scendi di sotto.
Qui c'è una noia mortale.

CYBERLONDON

Liverpool Station, King's Chross.
Ci siamo trasformati in due cyberdog e la missione è semplice,
stanare le minacce dell'Isis nelle zone più sensibili della capitale britannica.
Le nostre cuccette emanano gas cibernetici che inaliamo durante il sonno e la colazione del cyberdog è modificata al veleno narcotizzante.
Guardiamo come la fa Kung fu panda,
il cinesotto con gli occhialetti e la frangetta ha una tecnica che levati.
Ancora in ciabatte, strascica l'ombrello fino al carrello delle marmellate e di nuovo ancora fino al suo posto.
Non se ne separa mai.
Credo che i toast siano drogati,
siamo gonfi ovunque e moriremo gonfi se rimaniamo in Inghilterra.
Mi chiedo dove abbiano nascosto il microchip del cyberdog,
perché secondo me è fallato.
Stiamo dando i numeri in inglese.
Un'altra pinta, grazie!
Il bagno è nel corridoio in comune e pure le docce,
lo shampoo ed il bagno schiuma li trovo sempre tranquilla, è facile, è il mio gioco preferito.
Dammi però l'ultima bustina per scaramanzia, è di buon auspicio.
Incontro ragazze mezze nude nei corridoi e giù per le scale..
HalloOo!!
Bye Byee..!!!

Mi piace andare in bagno mezzo nudo e con gli occhi sanguigni da cyberdog sterminatore.
Tra la rampa di scale ed il termosifone c'è sempre lei, che sorride allo schermo del suo ipad.
Siedo sul vecchio divano in pelle e mi offrono da un cartoccio a portar via, ali di pollo fritto ancora fumanti.
Nella hall c'è pure Mangiafuoco, lo hanno messo alla reception, ha i capelli rasta fino alle anche e trapunte di piercing simmetrici sulla faccia, tipo Dennis Avner, l'uomo gatto.
Lo incontriamo anche sotto la metro, fa parte dell'organizzazione, sezione addestratori di cyberdog reparti speciali.
A proposito, lo sapevi che l'uomo gatto alla fine si è suicidato in Nevada?
Dici che era una persona problematica?
Westminster, Nothing Hill, Portobello Road, Regent street, Carnaby street.
Lasciamo perdere.
Facciamo quello che ci riesce meglio dammi retta, esponiamoci alle minacce.
Mi viene in mente di botto che io sto con Putin, con i nuovi sorrisi della Cecenia e della Russia ricompattata.
Anche lui è stato un cyberdog prima del Cremlino sono sicuro, c'ha proprio il muso uguale e le orecchie dritte, l'ho visto su facebook, quindi è vero!
Poi fiuta le minacce e gli piace il Judo.
Dell'Isis intanto nessuna traccia, o sì?
Dal web.. 06/12/2015:

«Ha attaccato un uomo con un coltello, ha tentato di sgozzarlo e poi ha urlato: "Ecco cosa succede quando fai lo stronzo con madre Siria, tutto il tuo sangue verrà versato".

È successo nella serata di sabato 05 dicembre a Londra, alla stazione metropolitana di Leytonstone, nord est della città.
Secondo le prime ricostruzioni l'assalitore è un ragazzo nero di circa 20 anni.
L'uomo, armato anche di un machete, ha poi ferito altre due persone prima di essere bloccato dalla polizia con un taser, la pistola che rilascia scariche elettriche.
Il passeggero colpito, 56enne, è grave ma non è in pericolo di vita;
gli altri due, invece, hanno riportato solo ferite lievi.
L'episodio è avvenuto pochi giorni dopo che il Parlamento britannico, anche con l'appoggio dell'opposizione laburista, ha dato l'assenso per i raid aerei in Siria contro l'Isis.
Per le autorità londinesi c'è la possibilità che sia un atto di terrorismo.
"Stiamo trattando la questione come un incidente terroristico – ha affermato Richard Walton, responsabile dell'antiterrorismo londinese – Vorrei insistere sul fatto di rimanere calmi,
ma attenti e vigili.
La minaccia terroristica rimane elevata, il che significa che un attacco terroristico appare probabile".
Solo due giorni fa, l'intelligence britannica ha avvertito il paese, che militanti dell'Isis in Siria e in Iraq sarebbero stati esortati a tornare in Gran Bretagna per compiere attacchi.»
Sembra una delle mie stronzate, e invece è proprio un articolo vero.
Attenti e vigili!
Questa è la parola d'ordine dei cyberdog.
Comunque, Knightsbridge la chiudono, Hyde Park Corner pure, le linee le hanno deviate per il matto col coltello, quindi o si prende la metro a Green Park, o a Piccadilly Circus ci arriviamo a piedi, che ci vuole.

La pista di pattinaggio sul ghiaccio nel parco è proprio come la si può immaginare con gli occhi chiusi, tra i sogni che evaporano sfumati in una fumeria d'oppio.
Ci passiamo davanti, ma all'Hard Rock Cafè London devi aspettare un'ora e trequarti per cenare, meglio un posto più caro, da Byron in centro ad esempio, dove la più scadente birra di Londra te la rifilano in una lattina da 8.00 sterline, ma c'è la musichetta country nel cesso.
Scusate, ma se mi è permesso, vorrei inoltrare un messaggio da cyberdog alle nuove generazioni in mondovisione, con la musichetta della Rai di Giochi senza frontiere -ve la ricordate vero?- e prima che gli occhi mi esplodano:
"Non trasformate gli euro in sterline e le sterline in scontrini, come se voleste cadere in miseria in meno tempo di quanto riuscireste a sopravvivere dopo un morso di una formica bulldog mentre potate la vostra fottuta siepe e senza un antidoto!
Meglio il pub sotto casa dove tirano le freccette e ti senti in famiglia, dove c'è l'oste grassottello gay che ti guarda e sculetta dietro il bancone di vera quercia inglese, dove fuori diluvia ma devi solo attraversare la strada.
Noi siamo furbissimi, siamo addestrati."
Hai registrato tutto sì?
Infatti a Soho fiutiamo la minaccia di svenire di fame e allora ci buttiamo dentro l'unico locale non turistico del quartiere, poi ha un tavolo libero vicino alla finestra sulla strada; è sempre bello vedere la gente che barcolla ubriaca sul marciapiede e ti saluta sfatta attraverso il vetro, mentre ceni a lume di candela.
È il Jazz After Dark, il locale di quando Amy Winehouse viveva a Soho e cantava spesso, prima, durante e dopo essere divenuta famosa.
I muri sono pieni di quadri e foto, ed una – ci racconta

il cameriere – sembra immortalare la rockstar che dice all'orecchio del proprietario suo amico e pittore, "This is the last night that I will see you".
Tre giorni dopo morì nel suo appartamento a Camden Town.
Fiutiamo il mistero.
Fiutiamo che il cameriere aveva una tresca con lei, o forse ne era solo innamorato, chi può dirlo?
Ovunque sia Amy ora, qui la cameriera di un metro e novanta è una figona trans di colore e qui dentro fiutiamo gente parecchio strana.
Ci siamo, forse abbiamo trovato il covo dei cyberdog alieni cattivi.
Fiutiamo tutto noi.
C'è il piatto preferito di Amy con le polpette, dopo inizia il concerto punk rock.
Camden Town, The Regent's Park, Abbey Road, Baker Street, Lisson Grove, Paddington, Marylebone
Il mondo dei cyberdog è al Camden Lock Market, facciamoci fare la revisione all'officina autorizzata, è quella con le statue giganti.
La musica è da sballo, al livello -2 ci sono pure i cazzi cibernetici e le fruste sadomaso con i laser stroboscopici.
Le cubiste sono due cessi, il cubista pure.
Bella la piccola Venezia,
continua verso nord, costeggiamo il Regent's Canal e circumnavighiamo tutto Regent's Park,
finiremo chissà dove,
siamo addestrati, siamo furbissimi, abbiamo zampe poderose.
Qui mi piace, è il quartiere residenziale di Abbey Road, con le strisce dei Beatles e gli Abbey Road Studios, eh beh..
Basta, prendiamo un mezzo qualsiasi, rientriamo in zona 1 e scendiamo dove ci pare.
L'autobus rosso a due piani ci sputa per caso al 221b di Baker

Street, “dove si legge nei libri di Doyle, che un certo Sherlock Holmes nel periodo tra il 1881 ed il 1904 risiedeva dalla signora Hudson in affitto a questo numero.”
Anche questo signore era un cyberdog ed aveva un gran fiuto, proprio come noi.
Siamo furbissimi, siamo addestrati.
Ora il pensiero va ad Eros Ramazzotti, che canta veramente di merda e fa da sempre canzoni di merda.
Che cazzo!
Te ne rendi conto di più quando sei all’estero e lo senti alla radio di una bancarella a Portobello Road,
poi però in Italia pure.
Sì ma che c’entra?
È che siamo stanchi, si è fatta l’ora del nostro english tea delle 17:00.
Qui una volta c’era l’Ufo Club,
il locale dove suonava Syd Barret agli esordi.
Capito sì?!
Pioviggina adesso, ed appare lui,
tra la luce dei lampioni ed il rumore delle serrande dei negozi che chiudono.
Ci sono già i saldi.
È l’uomo della pioggia, che si ferma e ci parla con un cappotto elegante stretto al petto dai guanti in pelle che indossa.
Ha appena staccato dal lavoro dice,
torna a casa.
È riuscito a comprarla, nel suo paese non avrebbe potuto perché le banche non ti concedono il mutuo;
è piccola certo, ma almeno è sua e non paga l’affitto.
Vive bene ma insomma;
non è tutto oro quel che luccica, chi si è trasferito a Londra come lui lo sa bene.

Non sei mai adottato fino in fondo.
Hai sempre addosso questo senso di non appartenenza, un'incondizionata sudditanza alla Corona ed agli inglesi stronzi.
Al suo paese non è così.
I suoi genitori e sua sorella vivono ancora la.., gli mancano, quando può torna a trovarli,
in provincia di Rieti nel centro Italia.
Sì, è bella Londra, ogni tanto vale la pena farci un salto, ma Roma è Roma.
Va bene, ora ciao uomo della pioggia, ci si vede in un'altra vita,
siamo quasi a Chinatown..
Entriamo nel videogame del sol levante, dove devi sparare agli orientali ed ai gallinacci rosolati in vetrina per fare tanti punti e cercare di uscire incolumi da uno dei portali.
Se becchi il dragone e lo uccidi vinci la partita, se l'odore ti invade e ti fermi a cenare muori subito.
Spara dai, non ti distrarre, vuoi mangiare cani e gatti a Chinatown per il resto dei tuoi giorni?
Ecco il portale cinese con la lanterna gigante, usciamo svelta, game over.
Guarda, i nasi sui muri di quell'artista..
Com' è che si chiamava?
City, Monument to the Great Fire of London, Old Billingsgate, Tower of London, Tower Bridge, Whitechapel
Tutte le zone di tutte le città situate ad est sono state in qualche modo o per qualche ragione parecchio sfigate.
Dal web:
« ..ai confini della city … Whitechapel è considerato il cuore dell'East End, quella zona che ha sempre rappresentato l'anima popolare della Londra vittoriana, simmetrica, rispetto alla City, al West End, che corrisponde a Westminster.

Il nome del quartiere proviene da una piccola cappella bianca dedicata alla vergine…
…"amministrativamente fuori legge", Whitechapel iniziò ad attrarre anche le attività meno "nobili" della manifattura cittadina, quali concerie, birrifici, mattatoi e fonderie, inclusa la famosa Whitechapel Bell Foundry ove più tardi venne fusa la "Campana della Libertà" di Filadelfia oltre al Big Ben di Londra)…
…Verso il 1840 Whitechapel, venne a costituire quell'agglomerato conosciuto popolarmente come East End, … marcata da uno squallore urbano osservabile nella forma urbis del quartiere, fatto di piccole strade e corti interne, malfamate ed estremamente degradate,
piene di barboni e prostitute.»
Quello che abbiamo rubato dalla guida turistica con la bandierina, confondendoci nel gruppetto di italiani in gita, è che in questa zona della città le persone morivano in media 20 anni prima rispetto alla parte borghese, e ancora oggi l'Est End si riporta lo strascico della demarcazione sociale di quegli anni.
Incredibile,
e penso che se la guida avesse parlato in inglese non avrei capito un cazzo.
Vi avviso comunque che in Cheshire St. in una botteghina sgangherata e piena di scatole che ti cadono in testa, vendono le Dr. Martens a 60,00 sterline.
Intanto per i vicoletti di Whitechapel, ho detto basta allo street food e al pub delle dieci campane, il "The Ten Bells", che fa da spalla alla sinistra cappella di Spitalfields, Jack The Ripper adescò la sua quinta vittima, una certa Mary Jane Kelly, dilaniandola in grande stile nel suo appartamento.
Dal web:
«Giaceva sul letto della camera dove la donna viveva, al

numero 13 di Miller's Court, vicino a Spitalfields: la gola era squarciata, il viso severamente mutilato e irriconoscibile, il petto e l'addome aperti, molti organi interni erano stati rimossi, il fegato giaceva tra le gambe e l'intestino arrotolato presso le mani, la carne che ricopriva gli arti era stata asportata, il cuore non fu trovato.
I vicini riferirono di aver sentito una donna singhiozzare "Murderer!"»
Ora mi viene in mente che solo in Italia le pompe funebri potevamo inventare una pubblicità per trasformare i cadaveri dei parenti in diamanti per sempre.
Ma a cosa penso?
Sarà la stanchezza, ma procediamo,
siamo cyberdog addestrati, continua a fiutare.
Aspetta però, fammi fare una foto allo scoiattolo e vuoi sapere una cosa?
Se non lo ristrutturano, il Big Ben, rischia di fermarsi, e gli inglesi ci muoiono senza il loro orologione.
Lo sai che domani finiamo la missione?
Intanto scorrono le feste di Natale e continuo a vedere le persone che addobbano i chihuahua.
Qualcuno qui a Roma ha infettato il virus della follia a tre milioni di persone in tre giorni.
Sarebbero utili dei cyberdog inviati da Putin anche qui, ben addestrati a fiutare il seme della schizofrenia cittadina.
Io però voglio restarne fuori,
sono in congedo e non voglio partecipare alla mattanza.
C'è chi osserva dall'inferno e chi muore per strada,
c'è un vortice esanime di coscienze sconvolte,
costumi strappati travestono idioti che vorremmo eliminare e che ti ritrovi invece a pranzo.
La missione è finita,
abbiamo carpito il segreto,

abbiamo sventato tutte le minacce.
Non ci siamo nascosti perché a noi piace esserci.
Questa è tra le mie preferite,
è stata scattata a Whitechapel per caso,
durante una missione per le strade a Londra tra un 03 ed un 08 dicembre qualsiasi.

PRIGIONIERI DI GUERRA

Dalla finestra vedo il mare,
sento i corvi che gracchiano,
vogliono mangiare.
Da sotto un vecchio mi fissa in modo strano.

Non sempre puoi sconfiggere le nuvole ed arrivare al sole,
mi dicono.
Puoi solo aspettare che il sole venga prima o poi a trovarti,
ed asciughi le tue lacrime amare.

FINE

Indice

Albatros